Suzhou Blues

Über das Buch:

In der romantischen Stadt Suzhou lernt der Erzähler eine junge Frau kennen und lieben, welche dem wieder erstandenen Rotlicht-Milieu dieser 5 Millionen-Metropole entstammt. Die Geschichte handelt von dieser Liebe und all den Stolpersteinen, die sich ihnen in den Weg stellen. Ihre Liebe über zwei Kontinente hinweg am Leben zu erhalten, stellt die Beiden vor oft nahezu unlösbare Aufgaben. Die Geschichte handelt entgegen dem Trend von Büchern über das moderne China mehr von Liebe, Respekt und Würde und weniger von Sex, Drugs and Rock n' Roll. Zugleich erhält der Leser Einblick in das Schattenleben des modernen Chinas, denn die Geschichte findet grösstenteils in den Bars der Rotlichtmeile von Suzhou statt.

Über den Autor:

Der Schweizer Peter U. Kreis hat sein Erstlingswerk kurz vor seinem 40. Geburtstag vollendet. Ursprünglich kaufmännischer Angestellter, arbeitete er in den letzten 10 Jahren in der Informatik. Er ist geschieden und Vater eines Sohnes.

Peter U. Kreis bereist China seit vielen Jahren. Dabei hat er alle Facetten des chinesischen Wirtschaftswunders selbst miterlebt. Einige seiner Erlebnisse hat er in dieses Buch eingearbeitet.

Peter U. Kreis

Suzhou Blues

Bibliografische Information der Deutschen Nationalbibliothek
Die Deutsche Nationalbibliothek verzeichnet diese Publikation in
der Deutschen Nationalbibliografie; detaillierte bibliografische
Daten sind im Internet über http://dnb.d-nb.de abrufbar.

Impressum

© 2006 Peter U. Kreis alias Urs Krebs
Herstellung und Verlag:
Books on Demand GmbH, Norderstedt
Covergestaltung:
© 2006 Annik Weber
Foto Titelbild:
© 2004 Urs Krebs
ISBN 978-3-8334-9101-6

Inhaltsverzeichnis

Einleitung

Vorwort

Diese Geschichte ist halbbiographisch, viele der hier beschriebenen Ereignisse sind so passiert, beruhen also auf Tatsachen. Einige der darin beschriebenen Personen gibt es tatsächlich, andere wiederum nicht. Einige der darin geschilderten Menschen wurden meine Freunde, ich durfte sie von einer Seite kennen lernen, die die Meisten wahrscheinlich gar nicht interessierte.

Um Menschen und der zu respektierenden Würde des Menschen geht es mir auch mit meinen Kurzgeschichten. Dazu könnten wir Ausländer, die wir in China zu tun haben Einiges beitragen, wenn wir nur wollten. Daneben handelt es sich bei dieser Niederschrift auch um das therapeutische Aufarbeiten meiner eigenen Geschichte. Ob es auf lange Sicht hilft, weiss ich nicht.

Gleichzeitig zeigt das Buch auch mit dem Finger auf eine weniger schöne Seite des chinesischen Wirtschaftswunders. Ich mache mir keine Illusionen, es wird in Zukunft für die betroffenen Menschen nicht besser, sondern noch schlimmer. Mich stimmt dies traurig.

China scheint überhaupt mein Schicksal zu sein. Seit ich dieses Land vor 17 Jahren zum ersten Mal bereist habe, übt es eine ungeheure Faszination auf mich aus. Es gibt Vieles, das ich bewundere, aber genauso gibt es viele Dinge, die mich abstossen. Daraus hat sich in den letzten Jahren eine Art Hassliebe entwickelt. Dass ich trotzdem nicht von China und vor allem nicht von seinen Frauen loskomme, ist das Mysterium, das mich wohl auch in Zukunft nicht loslassen wird.

Ich widme dieses Buch meiner Mutter, die sich trotz schlimmster Krankheiten nie unterkriegen liess und meiner Liebsten, einer starken Frau des modernen China, die sich ihr Leben und ihren Platz darin erkämpft hat, allen Widrigkeiten zum Trotz.

Schweiz, im Dezember 2006

Vorgeschichte

China übt seit langer Zeit eine anziehende Faszination auf mich aus. So kam es, dass ich bereits 1989 das erste Mal ins Reich der Mitte reiste. Damals hatte ich von der chinesischen Kultur und Mentalität noch keine Ahnung. In den folgenden Jahren kehrte ich immer wieder nach China zurück, ich lernte die Sprache und begann, wenn auch zögerlich, ihre für uns Europäer doch nicht immer verständliche Mentalität zu verstehen.

Auf einer meiner Reisen lernte ich auch eine Frau kennen und lieben. Schliesslich heiratete ich sie und gründete mit ihr eine Familie, deren wichtigster Bestandteil bald unser gemeinsamer Sohn war. Doch leider war diese Beziehung nicht für die Ewigkeit bestimmt. Es gab mehrere Gründe die dazu führten. Einer war sicher, dass ich damals, als wir heirateten, mit der chinesischen Mentalität noch nicht dermassen vertraut war, wie ich das heute bin. Einige Fehler, die ich beging, hätten vielleicht mit meinem heutigen Wissen vermieden werden können, Missverständnisse hätten vielleicht aus dem Weg geräumt werden können. Doch das ist nun Vergangenheit. Diese meine Geschichte beginnt dort, wo die eine Beziehung sich dem Ende zuneigte und eine neue Beziehung entstand.

Suzhou

Ein chinesisches Sprichwort besagt: „ Shang you tian tang, xia you Su Hang", oder auf Deutsch: „Im Himmel das Paradies, auf Erden Suzhou und Hangzhou." Suzhou ist eines der ältesten besiedelten Gebiete Chinas. Gelegen am so genannten Kaiserkanal beeindruckte die Stadt bereits den ersten europäischen Touristen in China, Marco Polo. Suzhou mit seinen Wasserstrassen erinnerte ihn an seine geliebte Heimatstadt Venedig, weshalb Suzhou in Europa auch als „Venedig des Ostens" bekannt ist. In China ist dieser Vergleich gänzlich unbekannt, denn hier gilt Suzhou als die Stadt mit den schönsten Gärten Chinas. Zwei davon fanden Aufnahme in der Unesco-Liste des Weltkulturerbes. Nirgendwo sonst findet man schönere Gärten in so konzentrierter Form als in Suzhou. Die Schönheit dieser Gärten, kombiniert mit Wasserstrassen und dem sich etwas ausserhalb befindenden Tigerhügel mit seiner schiefen Pagode (auch hier eine Parallele zu Italien mit seinem schiefen Turm in Pisa), verleihen der Stadt am Tai-See einen unvergleichlichen Charme. Daran konnte, bisher zumindest, auch die hektische Bautätigkeit der letzten Jahre nichts ändern. Suzhou, heute eine Stadt mit 5 Millionen offiziellen Einwohnern, lebte 1000 Jahre lang vor allem von der Seidenproduktion. Noch heute sind die

Seidenprodukte Suzhous in ganz China bekannt für ihre hohe Qualität. Seit einigen Jahren gibt es den so genannten Suzhou Industrial Park, eine etwas ausserhalb der Stadt gelegene Industriezone, in der ausländische Firmen ihre Fabriken errichtet haben.

Als ich 1998 das erste Mal nach Suzhou kam, verliebte ich mich sofort in diese unvergleichliche Stadt, welche geprägt ist von einer über Dreitausend jährigen Geschichte. Besonders in Erinnerung ist mir die Fahrt auf dem Kaiserkanal geblieben, sowie der anschliessende Spaziergang durch ein Quartier der Altstadt, welches durchzogen war, von den Wasserstrassen, die früher die Hauptverkehrsadern in dieser Stadt waren.

Trotz der Anziehungskraft die Suzhou seither auf mich ausübte, sollte es über vier Jahre dauern, bis mein Weg mich wieder nach Suzhou führte. Doch das ist eine andere Geschichte.

Der Blues

Ursprünglich hat der Blues ja überhaupt nichts mit China zu tun. Weshalb er Eingang in diese Geschichte gefunden hat, versuche ich mit einer kurzen Einführung verständlich zu machen.

Der Blues ist verbunden mit den afroamerikanischen Baumwollpflückern, welche im 19. und vor allem im 20. Jahrhundert ihre Arbeit oft schwermütig singend verrichteten. Die Baumwollpflücker im Süden der USA hatten meist ein hartes und entbehrungsreiches Leben und wurden von ihren weissen Arbeitgebern oft ausgebeutet und unterdrückt. Diese Traurigkeit und Schwermütigkeit über das harte Leben fand Eingang in die Lieder der Afroamerikaner. Begleitet wurden diese Lieder von einfachen Instrumenten wie der Gitarre oder der Harmonika. Wurde der ursprüngliche Blues nur von afroamerikanischen Sängern gesungen und bekannt gemacht, fand er später auch immer mehr Anklang bei den weissen Sängern.

Ich selbst fand den Weg zum Blues durch den King. Elvis war, was weniger bekannt ist, auch der erste weisse Sänger, der in den amerikanischen Blues Hitparaden mehrmals die Top Ten erreichte. Seine

Hits „When it rain it really poors", „It feels so right" und „Reconsider Baby", welche alle aus den 50iger Jahren stammen, hatten alle dieses schwermütige und traurige rollende „Etwas", welches den Blues ausmacht. Kurz gesagt: Elvis hatte den Blues.

Blues ist für mich Melancholie, Schmerz, Trauer, Liebe und Schicksal. Diese traurige Romantik übt auf mich eine magische Anziehungskraft aus, weshalb ich diese Musik besonders schätze.

Heutzutage läuft vieles, was nicht Hip Hop oder Rap ist, unter der Bezeichnung „R&B". Doch längst nicht alle „R&B"-Sängerinnen und Sänger haben den Blues. Den Blues muss man fühlen, nur wenn man ihn fühlt, kann man ihn auch singen.

Ich bin zwar kein Sänger (unter der Dusche oder alleine im Auto singe trotzdem die Songs des King), aber bei meinen Aufenthalten in Suzhou fühlte ich den Blues. Wie es dazu kam, erzähle ich in den folgenden Kapiteln.

Erstes Buch

Die Night Lovers Bar

Night Lovers

Die Bar, in der ich meine Abende in Suzhou verbrachte, hiess „Hardy Bar". Da aber weder ich noch wahrscheinlich die Besitzer der Bar in den Wörterbüchern eine sinnvolle Übersetzung dieses Namens gefunden hatten, gaben sie ihr später den englischen Namen „Night Lovers". In diverser Hinsicht ein treffender Name.

Ich sass an der Theke auf dem zweitletzten Stuhl und beobachtete das Geschehen in der Bar. In meiner linken Hand hielt ich ein Tsing Tao-Bier, nicht unbedingt das beste, aber das bekannteste Bier in China. Es war ungefähr acht Uhr, weshalb noch nicht grosse Betriebsamkeit herrschte. Die Frau hinter der Theke war aufgrund ihrer Ausstrahlung und des Umgangs mit den Leuten unschwer als Chefin zu erkennen. Daneben befanden sich ungefähr sechs junge Frauen und ein chinesischer Gast in der Bar. Eine der jungen Frauen spielte mit dem Gast ein Kartenspiel. Überhaupt spielen die Chinesen gerne, auch um Geld. Doch Glücksspiel ist in China offiziell verboten, weshalb auch immer mehr vermögende Festlandchinesen das Glücksspielparadies Macao besuchen. Die anderen Mädchen sassen gelangweilt auf ihren Stühlen oder beschäftigten sich mit ihren Mobile Phones. Ich leerte die Flasche mit einem letzten Schluck. Ich winkte der Chefin zu. Sie ging zum Kühlschrank und entnahm ihm eine neue Flasche, die sie öffnete und mir rüberreichte. Das Bier war angenehm kühl. Suzhou war um diese Jahreszeit äusserst heiss, fast täglich kletterte das Thermometer auf 35 Grad und mehr. Ein kühles Bier war da gerade das Richtige. Wohl auch deshalb gab es in der Shiquan Jie, der Strasse in der sich die Night Lovers Bar befindet, eine Vielzahl von ähnlichen Bars.

Die Türe öffnete sich. Ein Asiate, ungefähr um die 40, trat ein. Sofort schauten alle Mädchen, welche bisher gelangweilt auf ihren Stühlen sassen, auf und fielen einen kurzen Augenblick später wieder in ihre frühere Lethargie zurück. Nur eines der Mädchen erhob sich und bewegte sich auf den Asiaten zu. Der Asiate, erkennbar kein Chinese, setzte sich neben mich, während sich das Mädchen wiederum neben ihn setzte. Zwischen den beiden entwickelte sich so etwas wie ein Gespräch, was jedoch nicht so ganz einfach schien. Der Asiate, ein Japaner, wie sich später herausstellte, war des Chinesischen kaum mächtig und die junge Dame sprach nur chinesisch. Das Mädchen war recht anschmiegsam. Aus der Art, wie die beiden miteinander umgingen, schloss ich, dass die Beiden sich bereits kannten.

Je später der Abend, desto mehr füllte sich die Bar mit Gästen. Auffallend war, dass chinesische Gäste sich selten an die Bar setzten, sondern entweder an den hinteren Tischen Platz nahmen, oder wie ich später erfuhr, gleich in den 3. Stock des Gebäudes hochstiegen. Dort befand sich eine Karaoke-Lounge, und seit diese Welle zu Beginn der neunziger Jahre von Japan nach China überschnappte, sind solche Karaoke-Lounges fester Bestandteil des chinesischen Nachtlebens.

Die ausländischen Gäste setzten sich meistens an die Bar. Ende der 90iger Jahre trieben sich in der Shiquan Jie vor allem Amerikaner und Chinesen aus Singapur herum, was mit dem Suzhou Industrial Park zusammenhing. Die meisten Ausländer arbeiteten für eine bestimmte Zeitperiode in Suzhou und kehrten dann in ihre Heimatländer zurück. Während ihrer Zeit in Suzhou waren sie alleine und vertrieben deshalb ihre Zeit in den Bars der Shiquan Jie. Nach den Amerikanern kamen die Engländer, Finnen, Holländer, Italiener und seit einiger Zeit vor allem die Deutschen.

Jedes Mal wenn ein Gast die Bar betrat, gesellte sich sofort ein Mädchen zu ihm und begann, ihn recht unzweideutig zu „bearbeiten". An den Gesten der Gäste, erkannte ich, dass sie mit dieser „Behandlung" vertraut waren und wohl unter anderem auch deshalb die Bar aufsuchten. Sicher gibt es auch Gäste, die wirklich nur ein Bier trinken wollten, aber auffallend war halt, dass weibliche Gäste sozusagen nicht existierten.

Inzwischen hatte der Japaner sein Bier getrunken und hatte die Bar wieder verlassen. Kurz darauf setzte sich ein Amerikaner neben mich. Sofort bewegte sich eines der Mädchen zu ihm und begann, ihn mit ihren weiblichen Reizen zu bearbeiten. Aus den Wortfetzen, die zu mir rüber klangen, verstand ich unter anderem die Worte „Anmo" für Massage und „shangqu" für nach Oben gehen. Der Amerikaner liess sich weiter bearbeiten, liess seine Hände auch über Taille und Po des Mädchens gleiten, machte aber vorerst keine Anstalten, den Aufforderungen Folge zu leisten. Immerhin lud er das Mädchen zu einem Baccardi Breezer ein. Während der Zeit in der das Mädchen etwa die halbe Flasche Breezer trank, schüttete der Amerikaner weitere drei Bier in sich. Schliesslich hatte das Mädchen den Ami soweit: „shangqu"! Das Mädchen nahm das Bier des Amis, sein Breezer und einen Aschenbecher mit nach Oben, der Amerikaner machte noch den Umweg über die Toilette und folgte ihr dann nach. Oben erwartete ihn eine „Lovers Night". Die Chefin machte sich eine Notiz auf dem Rechnungsblock.

Nun, ich selbst bin nie oben gewesen, aber naiv oder dumm bin ich auch nicht. Was „shangqu" abgeht und was ich unter „Anmo" zu verstehen hatte, konnte ich mir gut vorstellen. Ich trank mein Bier in der chinesischen Variante eines Freudenhauses.

Die Mädchen

Ich nenne die Damen in der Bar Mädchen, zum Einen weil sie alle noch sehr jung sind und zum Anderen, weil der Begriff freundlicher tönt, als alle anderen Begriffe, die Männer sonst für sie verwenden würden. In der Bar wurden die Mädchen mit „Xiaojie", auf Deutsch „Fräulein" bezeichnet. Diese Bezeichnung schwappte wohl in den neunziger Jahren von Taiwan auf China über. In China wurde die Bezeichnung „Xiaojie" bis vor ein paar Jahren korrekt verwendet und veränderte sich erst in den letzten paar Jahren zur Zweideutigkeit hin. Auch die Bezeichnung Xiaofei (Trinkgeld) erlangte in den Bars eine neue Dimension, da man dem Mädchen ein „Trinkgeld" für die geleisteten Dienste gab.

Mit der Zeit verstand ich mich mit den Mädchen sehr gut. Wenn ausser mir keine Gäste da waren – solche Phasen gab es öfter Mal in den Zeiten, in denen ich da war – verwandelten sich die Damen der Nacht in gewöhnliche Menschen, die unter sich die Probleme das Alltags diskutierten, Sorgen und Ängste austauschten, manchmal tratschten, manchmal Karten spielten: Menschen eben.

Die meisten Mädchen, die in der Bar arbeiteten, waren vor allem aus wirtschaftlichen Gründen zu dieser Arbeit gezwungen, hatten sich aber selbst dazu entschlossen, dieser Art von Arbeit nachzugehen. Sie selbst sprachen ebenfalls immer von Arbeit und versuchten es auch so emotionslos wie nur möglich zu definieren. Dazu muss gesagt werden, dass die wirtschaftlichen Verhältnisse in China grosse Gräben zwischen arm und reich aufgetan haben. Während es im Verhältnis zur Gesamtbevölkerung einige Gewinner gibt, sind vor allem auf dem Land grosse Teile der Bevölkerung vom wirtschaftlichen Erfolg ausgeschlossen. Doppelt schlecht geht es in der Regel den Töchtern: Oft waren sie unerwünscht, da sie weder die Arbeit eines Mannes verrichten konnten, noch den Namen der Familie weiter tradieren konnten. Und trotzdem, viele dieser Mädchen hatten und haben einen ausgeprägten Familiensinn. Sie unterstützen ihre Familien auf dem Land mit dem von ihnen verdienten Geld.

Ab und zu kam ich mit einem der Mädchen ins Gespräch.

Yuanyuan

Yuanyuan war ein 24jähriges Mädchen, welches aus der Stadt Xuzhou im Norden der Provinz stammte. Ich lud sie einmal ein, mit mir einen Kaffee trinken zu gehen. Als ich Yuanyuan das erste Mal getroffen hatte, begann sie mit der in den Bars üblichen Anbändelung. Ich konnte ihr dann relativ schnell erklären, dass ich nicht einer der üblichen Gäste sei. Aber eigentlich war es mit Yuanyuan gleich wie mit allen anderen Mädchen: liessen sie die Maske fallen, die sie in der Bar trugen, waren es sympathische junge Mädchen mit einer meist traurigen Geschichte als Hintergrund. Ich war mir bewusst: Die meisten Keren (Gäste) der Bar interessierten diese Geschichten nicht, sie suchten die schnelle Befriedigung. Mich jedoch interessierten sie sehr. Und so fragte ich Yuanyuan, weshalb sie in der Bar arbeitete.

Als Yuanyuan zwölf Jahre alt war, starb ihr Vater. In der Folge fehlte das Einkommen des Vaters und für die Mutter und ihre beiden Kinder, Yuanyuan hat noch einen älteren Bruder, wurde das Leben sehr hart. Nachdem sie die Schule abgeschlossen hatte, an eine bessere Bildung war aufgrund des Geldmangels nicht zu denken, suchte sie sich Arbeit. In Xuzhou selbst war es schwierig Arbeit zu finden und die Arbeiten, die sie dort zeitweise ausübte, waren trotz der langen Arbeitszeiten schlecht bezahlt. Als Yuanyuan nach einigen Jahren keine Perspektiven in Xuzhou mehr sah, reiste sie auf der Suche nach Arbeit in andere Städte und landete schliesslich in Suzhou. Auch hier war die Arbeit in Fabriken meist unmenschlich hart, 16 Stunden Tage keine Seltenheit und die Bezahlung wie fast überall in China schlecht (das Wirtschaftswachstum hat seine Schattenseiten). Irgendwann fiel der Schritt zur Arbeit in einer Bar nicht mehr schwer, und die Verdienstmöglichkeiten waren für ein hübsches Mädchen wie Yuanyuan in einer Bar um einiges höher. Vieles vom verdienten Geld schickt Yuanyuan nach Hause, zur Mutter und zum erkrankten Bruder. Beide wissen sie nicht, welchen Beruf Yuanyuan in Wahrheit ausübt. Ich hoffe, sie werden es nie erfahren.

Xiaojing

Xiaojing war das grosse Rätsel für mich. Ein schönes ovales Gesicht, nicht rund, wie das in China oft der Fall ist, klassische volle Lippen und auch sonst hatte sie eine starke Präsenz, wie man sie in dieser Umgebung nicht zu finden glaubte. Ich selbst habe nie viel mit ihr gesprochen, ab und zu mal mit ihr gescherzt. Ansonsten war sie eher unnahbar. Andere Mädchen haben mir aber erzählt, dass sie sehr intelligent sei und auch schon sehr reich sei und bereits über eine Million Renminbi gespart habe, was immerhin etwa Hunderttausend Euro entspricht. Dass dem so war, erstaunte mich eigentlich nicht allzu sehr. Irgendwie kriegte Xiaojing die meisten Kunden, egal wie viele andere Mädchen sonst verfügbar waren. Obwohl sie es finanziell anscheinend nicht nötig hatte, schien es ihr nichts auszumachen, in der Bar zu arbeiten. Bei meinem letzten Aufenthalt war Xiaojing mehrere Tage lang nicht anzutreffen. Ich dachte bereits, dass sie nicht mehr in der Bar arbeitete. Eines Tages aber tauchte sie doch auf. Als ich ihr sagte, ich hätte gedacht, sie arbeite nicht mehr, antwortete sie, dass sie nur noch selten arbeite. Ein Mädchen erzählte mir später, dass Xiaojing in Bälde heiraten würde und deshalb nur noch selten arbeiten würde. Ich hoffte, dass sie eine gute Zukunft haben würde. Ich habe sie seitdem nie wieder gesehen.

Blondie

Ihren Namen kannte ich nicht, aber ich nannte sie so, weil sie sich ihre langen Haare blond gefärbt hatte und sich auch entsprechend benahm. Blondie hatte grosse Titten und präsentierte diese auch ungeniert nur knapp verhüllt. Es gab andere

Mädchen, die glaubten, dass sie sich diese habe vergrössern lassen. Ansonsten war sie schlank und hatte lange Beine. So wirkte sie von Anfang an leicht nuttig auf mich, auch wenn keine Männer in der Bar anwesend waren. Blondie bediente während meiner Anwesenheit nur einen Kunden, es war jeden Tag derselbe. Für die Chefin wie für Blondie eine angenehme Sache: Diese Einnahmen waren relativ sicher und fast schon planbar.

Mit der Zeit merkte ich aber, dass auch Blondie unter ihrer etwas billigen und nuttigen Fassade ein nettes, hilfsbereites Mädchen war. Blondie wurde von ihrem Kunden meist ausgelöst, das heisst, der Kunde bezahlte der Chefin einen Betrag und dafür durfte das Mädchen den Kunden begleiten. Von diesem Kunden erfuhr ich, dass Blondie sich inzwischen um ihn kümmere. Sie lasse ihn nicht einmal mehr selbst seine Wohnung putzen. Mit der Zeit bekam ich den Eindruck, dass Blondie in der Bar nur eine Rolle spielte. Ihr wahres Wesen wollte sie hier nicht zeigen. Das konnte ich nur zu gut verstehen.

Xiaomei

Xiaomei war ein sehr schönes, etwas kleingewachsenes Mädchen. Ich schätzte, sie war nicht grösser als 1.55 M. Xiaomei hatte fast immer einen etwas traurigen melancholischen Ausdruck im Gesicht, was sie in meinen Augen nur noch schöner machte. Auch das scheue Lächeln, welches ihre Mundwinkel oft andeuteten, hatte etwas Trauriges an sich. Xiaomei war etwa 23 Jahre alt, als ich sie das erste Mal traf. Obwohl ihre Schönheit in den paar folgenden Jahren unverändert blieb, bemerkte ich mit jedem Mal, dass sie müder wirkte als beim vorangegangenen Mal. Die Arbeit in der Bar ging nicht spurlos an ihr vorüber. Obwohl Xiaomei sehr schön war, hatte sie erstaunlicherweise bei weitem nicht so viele Kunden wie beispielsweise Xiaojing. Hatte es etwas mit ihrer Melancholie zu tun? Wenn ich mit gewissen Absichten Gast in der Bar gewesen wäre, Xiaomei wäre meine erste Wahl gewesen.

Xiaomei stammte aus der Provinzhauptstadt Nanjing der früheren Reichshauptstadt der Ming-Dynastie und Hauptstadt der Republik China vor dem Bürgerkrieg. Sie wuchs zusammen mit ihrer älteren Schwester und ihrem jüngeren Bruder in ärmlichen Verhältnissen auf. Das Geld der Familie reichte nicht aus, um den Kindern eine gute Ausbildung zu ermöglichen und so zog Xiaomei im Alter von 17 Jahren nach Suzhou, wo schon Ihre ältere Schwester ihr Glück versuchte. Xiaomei arbeitete einige Jahre als Bedienung in verschiedenen Restaurants, sie heiratete zu jung (mit Bestechung geht auch das in China) und wurde Mutter eines hübschen Mädchens. Das Leben wurde dadurch natürlich nicht einfacher und der kärgliche Lohn im Restaurant reichte nirgends hin. Auch hat sich im modernen China viel verändert: Waren die Schulen für die Kinder früher kostenlos, musste nun jährlich viel Schulgeld entrichtet werden.

Schliesslich machte auch Xiaomei den Schritt den schon ihre ältere Schwester gemacht hatte und entschied sich für ein Leben in den Bars von Suzhou.

Ich bin immer etwas traurig, wenn ich sehe wie viele junge Mädchen keinen anderen Ausweg sehen, als in den Bars von Suzhou zu arbeiten, bei Xiaomei jedoch mit ihrem melancholischen Ausdruck in den Augen, fühle ich einen traurigen Schmerz. Xiaomei hat den Blues in ihren Augen.

Das Dummchen

Ihren Namen kannte ich nicht, aber was mir sofort auffiel: Für die Arbeit in der Bar war sie nicht geeignet. Eigentlich war sie ja ein sympathisches Mädchen, aber irgendwie hatte sie sich einen

Restposten Naivität bewahrt, der in ihrer Branche einfach nicht gefragt ist. Der Spitzname war und ist deshalb nicht böse gemeint, sondern soll eher ihre Situation in der Bar etwas beschreiben.

Meistens sass sie alleine in einer Ecke, mit den anderen Mädchen hatte sie kaum Kontakt. Auch bei den männlichen Gästen hatte sie Kontaktschwierigkeiten, meist wählten die Männer sich eine andere Begleiterin aus. Es war offensichtlich, dass sie eine falsche Berufswahl getroffen hatte. Dies wurde eines Abends vollauf bestätigt. Als mehrere ausländische Gäste die Bar besuchten, war sie eines der Mädchen, welche die Gäste betreuten. Ihr persönlicher Gast beschloss nach einer Weile, mit ihr nach Oben zu gehen. Es dauerte etwa 20 Minuten, bis die Beiden wieder nach unten kamen. Der Gast beschwerte sich dann schliesslich bei der Chefin, dass ihm das Mädchen nur eine Rückenmassage gemacht hätte und dafür sei er schlichtweg nicht in die Bar gekommen. Was folgte, war dass das Mädchen eine eher heftige Schimpftirade über sich ergehen lassen musste. Die Chefin konnte den Gast besänftigen und schickte ihn mit einem anderen Mädchen nach Oben, wo er dann standesgemäss bedient wurde.

Das Dummchen suchte noch am selben Abend das Gespräch mit mir. Sie sagte, die Chefin sei böse auf sie, weil sie dem Gast nur eine Rückenmassage gemacht habe. Ich antwortete ihr, dass ich den Ärger der Chefin verstehen könne, denn schliesslich sei die Arbeit in der Bar allgemein bekannt und die Männer kämen vor allem deswegen hierher. Ich sagte ihr auch, dass sie aus meiner Sicht nicht für diese Arbeit geeignet sei.

Später sagte sie mir, dass sie vorhabe zurück in ihre Heimatstadt in der Provinz Shandong zu gehen. Ich sagte ihr, dass dies meiner Meinung nach vernünftig sei, aber sie müsse dies der Chefin mitteilen. Sie meinte, sie würde das am darauf folgenden Abend tun. Doch am nächsten Abend kam sie nicht mehr. Ich hoffe, dass sie nun in der richtigen Branche gelandet ist.

Skinnie

Auch wieder ein von mir kreierter Spitzname. Das Mädchen war hübsch, aber für meinen Geschmack eindeutig zu dünn. Ihre gefärbten Haare waren blond, versehen mit einem rötlichen Touch. Skinnie war auch eher der zurückhaltende Typ, hatte aber immer wieder Gäste. Ich sprach eigentlich fast nie mit ihr, eben weil sie eher das scheue Reh verkörperte.

An einem Wochenende begab ich mich in die Guanqian Jie. Die Guanqian Jie ist die Einkaufsmeile von Suzhou und grösstenteils Fussgängerzone. Viele Einheimische kamen am Wochenende hierher, sei es, um dem Shopping zu frönen, oder um einfach durch die Strassen zu flanieren. Auch ich wollte die Gelegenheit nutzen, an diesem Sonntag ein paar Einkäufe zu tätigen. Ich wollte mich gerade in ein Kaufhaus begeben, als mir Skinnie begegnete, an ihrer Hand hatte sie ihren Freund. Ich wusste erst nicht, wie ich mich verhalten sollte: Grüsste ich sie, könnte es das Misstrauen ihres Freundes erwecken, denn wahrscheinlich wusste er nicht, welcher Arbeit sie nachging. Grüsste ich sie nicht, könnte das als Unhöflichkeit ausgelegt werden. Schliesslich bewegte ich meine Lippen zu einem flüchtigen Gruss und ging sofort weiter auf das Kaufhaus zu.

Am Abend in der Bar sprach ich Skinnie darauf an und fragte, ob ihr Freund sie gefragt habe, ob sie mich kenne. Sie bejahte und erzählte mir, dass sie ihrem Freund erzählt habe, dass ich sie wahrscheinlich mit jemand anderem verwechselt habe. Ich fragte sie, ob ihr Freund wüsste, wo sie arbeite. Sie verneinte. Ich empfahl ihr, dass so beizubehalten, denn die meisten Männer könnten damit wahrscheinlich nicht umgehen. Sie lächelte und nickte bejahend.

Bei meinem nächsten Besuch in Suzhou erfuhr ich, dass die Beziehung in die Brüche gegangen ist. Die Arbeit in der Bar und eine private Beziehung sind wohl in den meisten Fällen unvereinbar.

Yangyang

Yangyang war so etwas wie der schlimme Finger der Bar. Ich glaube so oft wie sie war keine Oben, seit ich diese Bar besuche. Ihr Gesicht war sehr hübsch, aber erstaunlicherweise hatte sie einen Gang wie ein Bauerntrampel. Wahrscheinlich lag es daran, dass sie mit High Heels einfach nicht laufen konnte, denn bei ihr sah das immer aus, als bewege sie sich auf einem Hochseedampfer im Sturm. Aber wahrscheinlich hatte sie Qualitäten, welche sich vor allem im 2. Stock entfalteten, weshalb sie bei den Gästen hoch begehrt war.

Yangyang erlaubte sich immer wieder kleine körperliche Scherzchen an mir und fand es lustig, mich zu betatschen und mir in den Schritt zu greifen. Meistens konnte ich mich der Zugriffe noch rechtzeitig erwehren, doch manchmal war ich zu langsam und das schien ihr Spass zu machen.

Sie arbeitete bereits in der Bar, als ich vor Jahren das erste Mal hier einkehrte und war somit eines der dienstältesten Mädchen.

Ich mochte Yangyang, auch wenn sie manchmal leicht vulgär war. Aber wenn mal keine Männer in der Bar waren, war sie auch entsprechend anders und normal. Bei Yangyang war ich mir allerdings nicht sicher, ob sie den Wechsel zurück in ein normales Leben jemals schaffen würde.

Lili

Lili war so etwas wie der Pausenclown der Bar. Wenn keine Gäste in der Bar waren, war sie es, die die Stimmung unter den Mädchen ankurbelte, sei es mit Witzen, lustigen Geschichten oder auch mal mit Tanzeinlagen zu Techno-Klängen. Auch Lili war ein hübsches Mädchen, ihre Stimme war allerdings anfangs etwas gewöhnungsbedürftig und glich dem Krächzen einer Krähe. Wenn sie jedoch ihre Witze oder Geschichten erzählte passte das irgendwie doch wieder zusammen.

Auch Lili war ein schlimmer Finger, wenn auch nicht ganz so stark wie Yangyang. Auch vor ihr musste ich mich vorsehen, denn unvermittelte „Angriffe" auf meine Intimregion waren auch von ihr jederzeit möglich. Was man Lili zudem nicht zutraute: Das Mädchen war äusserst kräftig und es war manchmal recht schwierig ihre unvermittelten Attacken abzublocken, ohne selbst grob zu werden (ich weiss, es tönt komisch, dass ein Mann versucht, an einem Ort wie diesem die Anstandsregeln zu beachten).

Aber sonst verstand ich mich auch mit Lili gut. Jedes Mal wenn ich nach Suzhou zurückkehrte freute sie sich und ich freute mich auch, sie und die anderen Mädchen wieder zu sehen.

Sadness

Es gäbe noch viele Mädchen, die im Verlauf der Jahre in der Bar gearbeitet haben und über die man berichten könnte und viele werden kommen und gehen. Alle haben sie etwas gemeinsam: Sie alle kommen aus armen Verhältnissen, alle haben sie einen eher traurigen Hintergrund. Und alle waren sie irgendwie verzweifelt und haben sich aus einer Notlage heraus entschlossen, in einer Bar zu arbeiten. Viele so genannt anständige Leute verurteilen sie für ihre Arbeit und verachten sie. Vielfach habe ich beobachtet, dass die Gäste sie wie ein Ding, wie eine Ware oder wie ein seelenloses

Etwas behandelten. Diese Mädchen hatten etwas Besseres verdient.

Sie waren Menschen, sie hatten Gefühle, waren traurig und manchmal auch glücklich. Viele konnten das sicher verstehen, nur leider die Gäste nicht.

Ich versuchte sie zu verstehen. Ich fühlte mehr als einmal Traurigkeit und mehr als einmal konnte ich auch die Traurigkeit der Mädchen fühlen. Ich hoffte für alle von ihnen, dass sie eines Tages den Weg zurück in ein normales Leben finden würden und sie ihre Vergangenheit nicht mehr belasten würde.

Gäste

Sind Männer Schweine?

Wie bereits erwähnt, gab es in der Bar grob eingeteilt zwei Kategorien von Gästen, die Chinesen und die Ausländer. Keine der beiden Kategorien erzielte bei mir hohe Sympathiewerte. Die Gründe dafür, dass ich mich manchmal schämte ein Mann zu sein, wurden mir in dieser Bar mehr als einmal vor Augen geführt.

Es ist eine Sache, gewisse Bedürfnisse, die offensichtlich zu Hause oder anderswo nicht befriedigt werden können, in solchen Bars als Dienstleistung gegen entsprechendes Entgelt befriedigen zu lassen. Was in mir aber immer wieder Abscheu emporkommen liess, war die primitive und ungehobelte Art, die die meisten so genannten Gäste gegenüber den Mädchen an den Tag legten. Oft wurden diese wie ein Objekt behandelt und die Männer liessen ihnen gegenüber jeglichen Respekt vermissen. Dies zu sehen machte mir in meinen Zeiten in Suzhou immer wieder zu schaffen. Weshalb ich trotzdem blieb, werde ich noch beschreiben. Die Eingangsfrage wurde mir aber in den Bars von Suzhou eindrücklich demonstriert: Ja, sie sind Schweine! Und ab und zu fragte ich mich: Bin ich auch eins? Bin ich zu einem solchen Benehmen auch fähig?

Die Chinesen

Als Mao 1949 die Volksrepublik China ausrief, war es vorbei mit den Sündenpfuhlen im verruchten Shanghai und auch anderswo. Die damaligen Prostituierten wurden in Umerziehungslager gesteckt und Mann konnte sich sicher sein, ebenfalls bestraft zu werden, falls er bei der Inanspruchnahme einschlägiger Dienstleistungen erwischt wurde. Dass Mao für sich selbst das Ganze nicht ganz so eng sah wie für seine Untertanen, ist inzwischen ebenfalls bekannt.

Für die Frauen hatte die Gründung der Volksrepublik durchaus auch Vorteile. Erstmals in der chinesischen Geschichte wurden sie gleichberechtigt. Die Tradition der eingebundenen Füsse änderte sich bereits zu Republikzeiten zum Guten der Frau, war jetzt aber gänzlich verpönt. Zumindest in den Städten konnten so die Frauen ein neues Selbstwertgefühl entwickeln und eine nie zuvor gekannte Selbständigkeit erlangen. Eine Zäsur in dieser Entwicklung entstand mit der

Einführung der marktwirtschaftlichen Reformen von Deng Xiaoping zu Beginn der 80iger Jahre. Bereits auf meiner zweiten Reise in China anfangs der 90er Jahre fielen mir diese Änderungen auf. So waren praktisch in jedem Hotel in Guangzhou und Shenzhen die Hotel-Cafeterias zu Kontaktbörsen mutiert. Meist waren es Frauen aus dem Norden, die mit Hoffnung auf Arbeit in den Süden reisten und schliesslich keinen Ausweg mehr fanden als sich im ältesten Gewerbe der Welt feilzubieten.

Auch die Männer fielen zurück in feudalistisches Verhalten der Vor-Mao-Zeit. Die Geschäftsleute aus Hong Kong, Macao und Taiwan importierten solche Gebräuche wieder, als sie die ersten Joint Ventures jenseits der Grenze in Shenzhen aufbauten. Immer häufiger hatten solche Geschäftsmänner ihre Ehefrau in Hong Kong und eine Mätresse in einer von ihnen finanzierten Wohnung in Shenzhen oder Zhuhai. Diese Praxis wanderte mit der Zeit weiter ins Landesinnere und schwappte alsbald auch auf das Verhalten der chinesischen Männer des Festlands über. Anfang der neunziger Jahre machte ich kurz einmal Bekanntschaft mit einem Geschäftsmann aus Macao, der dann auch ohne Umschweife seine Lebensphilosophie vermittelte: „Every man should have a Mistress", war sein Motto und so hatte er in allen Städten, in denen er geschäftlich zu tun hatte, seine Geliebten. In Macao pflegte er weiter sein Image als fürsorglicher Familienvater.

Die chinesischen Männer, welche in der Bar verkehrten, waren vom Verhalten her in dieser Kategorie anzusiedeln. Die meisten hatten, so vermutete ich, eine Frau, die zu Hause auf ihre Rückkehr wartete, während sie sich in der Bar mit einem hübschen Mädchen vergnügten. Dabei behandelten sie die Mädchen nicht eben mit Respekt. Wozu auch, schliesslich zahlten sie ja auch Geld dafür! Ein weiterer Wesenszug des modernen Chinas: Alles dreht sich um Geld; mit Geld kann man alles kaufen; Geld macht glücklich; wer kein Geld hat, ist Fussabtreter und wird entsprechend behandelt. Genauso traten diese neureichen, chauvinistischen Männer in der Bar auf. Die hässliche Seite des modernen kapitalistischen Chinas mit „sozialem Antlitz" zeigte sich an Orten wie diesem mit aller Deutlichkeit. Erstaunlich war, mit welcher Gelassenheit die meisten Mädchen in der Bar damit umgehen konnten. War der Gast einmal gegangen, streiften sie alles ab, wie ein verschmutztes Kleidungsstück – bis der nächste Gast die Bar betrat.

Die Ausländer

Die meisten Ausländer, welche sich am Abend in den Bars der Shiquan Jie vergnügten, arbeiteten in ausländischen Firmen im Suzhou Industrial Park. Eher selten kam es vor, dass sich Touristen in die Bars verirrten und noch weniger kam es vor, dass diese dann auch blieben und sich ins obere Stockwerk verführen liessen.

Die ersten Ausländer, welche Suzhou „heimsuchten", waren meist Amerikaner oder Chinesen aus Singapur. Diese ersten Gäste gehörten, so wurde es mir jedenfalls erzählt, noch zur angenehmen Sorte und waren recht grosszügig. Kurz darauf folgten weitere Ausländer, diesmal aus europäischen Ländern wie Grossbritannien, Dänemark und Finnland. Auch hier war das Verhalten dieser ausländischen Gäste noch relativ angemessen, obwohl am einen oder anderen Wochenende doch zu viel gefeiert und vor allem über den Durst getrunken wurde und auch der Umgang mit den Mädchen zunehmend niveauloser wurde.

Eine regelrechte Erosion des Niveaus fand mit dem Eintreffen der Deutschen statt. Wo immer die Deutschen in Massen hinkommen, findet der Zusammenbruch des guten Geschmacks und der

Umgangsformen statt, sei es an der Adria-Küste in den siebziger und achtziger Jahren, in Spanien und da speziell Mallorca in den neunziger Jahren (Ballermann lässt grüssen!!!) oder jetzt eben hier in Suzhou, wo Firmen wie Bosch oder Siemens Tochtergesellschaften aufgebaut haben. Obwohl aus einem Nachbarland mit gleicher Muttersprache stammend, komme ich nicht umhin, hier zu sagen, dass sich vieles zum Schlechten verändert hat, seit die Deutschen die Bars von Suzhou besuchen. Die Komatrinker welche an den Wochenenden durch die Bars ziehen, führen sich nicht nur mehr als peinlich auf, vielmehr beschädigen sie den Ruf der Ausländer in China, denn die machen keinen Unterschied zwischen Deutschen und Finnen oder Schweizern, Oesterreichern und Franzosen. Auch die Mädchen in der Bar hatten jeweils wenig Freude an den deutschen Gästen, denn selten wurden sie von ihnen gut behandelt. Die Welt zu Gast bei Freunden? Wenn die Freunde Gäste sind, klappt es jedenfalls nicht.

Anekdoten

Robo (Cop)

Robo hiess eigentlich Robert und war Engländer aus Newcastle. Die Mädchen in der Bar hatten ihm diesen Spitznamen gegeben. Robert arbeitete im Auftrag einer englischen Firma während 3 Jahren in Suzhou. Fast jeden Abend kam er in die Bar um mehrere Feierabendbiere zu trinken. Doch der eigentliche Grund war, dass eines der Mädchen seine Freundin war. Eigentlich sah ein Blinder, dass es mit den Beiden nicht lange gut gehen würde, aber wahrscheinlich wussten die Beiden es selbst.

Robert war nicht so primitiv wie die meisten Gäste, die sonst in der Bar verkehrten, aber konnte doch sehr resolut sein, wenn ihm etwas nicht passte. Davon bekam ich eine Kostprobe zu sehen, als eines Abends ein sturzbetrunkener Koreaner die Bar betrat und anfing, sowohl die Mädchen als auch uns Gäste zu belästigen. Als er begann, mich anzupöbeln, nahm ich sofort eine Verteidigungshaltung ein. Nur die Intervention der Chefin hielt mich zurück. Nachdem er sich an mir ausgelassen hatte, wandte er sich Robert zu. Robert war weniger zurückhaltend als ich. Es dauerte nicht lange, und Robert warf den Koreaner zu Boden. Dann packte er ihn drückte ihm die Arme auf den Rücken, zog ihn vom Boden hoch und warf ihn zur Bar hinaus. Danach war Ruhe und wir tranken gemeinsam ein Bier.

Bei meiner nächsten Rückkehr nach Suzhou war Robert wieder solo und seine Freudin arbeitete auch nicht mehr in der Bar. Bei meiner letzten Reise vernahm ich, dass er sein Vertragsverhältnis aufgelöst habe und nach England zurückgekehrt sei. Sein Alan Shearer-Poster von Newcastle United hängt immer noch in der Bar.

Shanghainese Boy Scout

Der „Boy Scout" war ein seltsames Unikat, wie ich es in China selten gesehen habe. Der Typ war gekleidet in eine Art Pfadfinder-Uniform mit kurzen Hosen und Hut, hatte lange strähnige Haare und war etwa 50 Jahre alt. Einem Gespräch entnahm ich, dass er aus Shanghai stammte. Ich habe ja schon viele komische Leute in China angetroffen, doch der Typ schlug alles bisher Gesehene. Wahrscheinlich handelte es sich bei dem Typ um einen ehemaligen Manager, der irgendwann einen psychischen Knacks bekommen hatte und nun als Baden-Powell-Verschnitt durchs Land trampte. Jedenfalls konsumierte er nie etwas, stand aber in der Bar rum und führte Selbstgespräche. Einige Mädchen machten sich einen Spass daraus, ihn in komplizierte Philosophie-Gespräche zu verwickeln. Er tappte fast jedes Mal in die ideologischen Fallen und verteidigte seine Positionen fast mit religiösem Eifer. Als ich einmal von der Schweiz aus in die Bar telefonierte, hörte ich seine Stimme im Hintergrund. Als ich die Chefin fragte, ob der Pfadfinder wieder im Land sei, musste sie laut loslachen, kurz darauf stimmten die Mädchen im Hintergrund ins Gelächter ein, nachdem sie die Chefin über meine Frage informiert hatte.

Der Boy Scout verschwand eines Tages aus Suzhou und tauchte nie mehr auf.

Der Österreicher

Bei meinem letzten Aufenthalt traf ich jeden Abend einen neuen Gast an, der mir jedenfalls von früheren Besuchen her nicht bekannt war. Der Gast war Stammgast bei Blondie, welche ich ja bereits beschrieben habe. An einem Abend sprach der Österreicher während längerer Zeit mit einem dicken Deutschen. Da der Dicke so ziemlich unsympathische Ansichten über die Frauen in der Bar hatte, hatte ich den Österreicher bereits schubladisiert, sprich mit einem Vorurteil belegt. So hielt ich mich denn zurück und zeigte nicht, dass ich der deutschen Sprache von Geburt an mächtig war.

Durch einen Zufall, ein anderer Schweizer mit dem ich ins Gespräch kam, befand sich ebenfalls in der Bar, kam ich dann auch mit dem Österreicher ins Gespräch. Ich musste zugeben, der Typ war gar nicht so übel, auch wenn die Musik, die er in der Bar immer hören wollte, für mich schwer gewöhnungsbedürftig war. Ramstein, AC/DC, Marilyn Manson und anderes schwer geniessbares Zeugs gehörten zu seinen Lieblingsinterpreten. Dies sagte ich ihm auch bei einem Gespräch, worauf er mich fragte, was ich denn so hören würde. Ich verwies auf den Grössten aller Zeiten, den King Elvis. Er meinte, dass Elvis ihm auch gefallen würde.

Als der Österreicher am nächsten Tag in die Bar kam, brachte er mir eine Musik-DVD von Elvis mit, auf der meiner Ansicht nach der beste Elvis aller Zeiten zu sehen war: das 68er TV Comeback Special, das auch als Ursprung des „Unplugged" (es gab ja in den neunziger Jahren sogar eine berühmte MTV-Sendereihe mit diesem Namen) gilt. Darüber freute ich mich natürlich riesig und von nun an gab es in der Bar auch ab und zu musikalischere Töne.

Der Österreicher war auch einer der wenigen Ausländer, die geschäftlich in China zu tun hatten und der chinesischen Sprache mächtig waren, was mich wiederum erstaunte. Die wenigsten Geschäftsleute empfanden es nämlich für nötig, die chinesische Sprache zu erlernen.

Ich bin gespannt, ob ich den Österreicher auch auf meinen zukünftigen Reisen antreffen werde.

Zweites Buch

My Story

Und ich?

Wieso schreibe ich das alles auf? Was habe ich an Orten, wie es diese Bar ist, zu suchen? Fragen, die nicht nur ich mir wohl gestellt habe. Ich denke, es ist ein Versuch, meine jüngere Vergangenheit aufzuarbeiten und Antworten zu finden für das Leben welches ich in den letzten vier, fünf Jahren geführt habe.

Vieles ist bei mir schief gelaufen in den letzten Jahren. Nachdem ich zehn Jahre beim gleichen Arbeitgeber gearbeitet hatte, fusionierte dieser mit einem Konkurrenten. Die nächsten zwei Jahre in der „neuen" Firma waren dann nicht mehr so toll und ich wechselte den Arbeitgeber. In etwa derselben Zeit begannen auch die Probleme in meiner Ehe. Meine Frau stammte aus China und wir hatten sieben gute Ehejahre zusammen, während denen auch unser gemeinsamer Sohn geboren wurde. Irgendwann schlichen sich die Probleme ein, wahrscheinlich zuerst im Unterbewusstsein und schliesslich bewusster. Im sexuellen Bereich klappte es irgendwann auch nicht mehr und ich wurde immer unglücklicher und unzufriedener, auch weil ich beim neuen Arbeitgeber nicht glücklich wurde. Dieser ging schliesslich, kurz nachdem ich gekündigt hatte, in Konkurs. Vor meinem Stellenantritt beim neuen Arbeitgeber unternahm ich noch eine Reise nach China. Ich besuchte Peking, Shanghai, Hangzhou und Suzhou. In Suzhou wollte ich mich nach einem heissen Sightseeing-Tag noch bei einem kühlen Bier entspannen und landete schliesslich in einer der Bars der Shiquan Jie. Bis zu diesem Zeitpunkt kannte ich solche Bars nicht, obwohl ich schon über 10 Jahre lang China bereiste und über ein Jahr in China gelebt hatte. Bereits beim Eingang war mir dieses Mädchen aufgefallen. Sie hatte eine besondere Ausstrahlung, die so gar nicht zu dieser Umgebung passen wollte. Ich setzte mich an den Tresen auf einen Barhocker und bestellte ein Bier. Das Mädchen setzte sich zu mir und schmiegte sich eng an mich. Ich versuchte, mich zurückzuhalten, legte dann aber nach einiger Zeit doch meine Hand auf ihre Hüften. Mit süsser Stimme flüsterte sie mir mehrmals ins Ohr: „Let's go upstairs, okay?". Ich antwortete ihr auf chinesisch, dass ich nicht nach oben gehen würde und deutete auf meinen Ehering. Ich widerstand also der Versuchung, blieb aber den ganzen Abend eng umschlungen mit ihr zusammen. Als ich morgens um vier Uhr die Bar verliess, hatte ich Ihre Handy-Nummer auf einem Zettel in der Hand bei mir. Ich schrieb ihr am nächsten Tag eine SMS und sie antwortete mir. An meinem letzten Aufenthaltstag in China rief ich sie an, um mich von ihr zu verabschieden. Ich bat sie, mir ihre Email-Adresse zu geben, damit wir in Kontakt bleiben könnten. Mit ihrer letzten SMS vor meiner Abreise stellte sie mir die Email-Adresse zu.

Zurück in der Schweiz trat ich meinen neuen Job an. Die Arbeit dort gefiel mir gut und mit dem Chef konnte ich ein gutes Vertrauensverhältnis aufbauen. Zu Hause jedoch war die Stimmung nicht besser geworden. Das Verhältnis zu meiner Frau wurde immer schwieriger, andererseits wollte ich meine Familie nicht zerstören. Und nun war da dieses Mädchen aufgetaucht und wollte nicht mehr aus meinen Gedanken verschwinden. Ich machte mir keine Illusionen, ich wusste was sie in der Bar machte. Und trotzdem: der Ausdruck in ihren Augen, ihr bezauberndes Lächeln und ihr Charisma waren etwas Besonderes. Sie war etwas Besonderes. Und deshalb konnte ich sie nicht vergessen.

Und so setzte ich mich eine Woche nach meiner Rückkehr in die Schweiz an meinen PC und schrieb ihr eine Email auf Englisch. Fast täglich rief ich meine Mailbox ab, erhielt aber drei Wochen lang keine Antwort. Hatte sie mich schon vergessen? Sollte ich weiter warten oder noch einmal schreiben? Schliesslich konnte ich nicht mehr anders und schrieb ihr nochmals eine Mail mit der Frage ob sie meine erste Mail nicht erhalten habe. Ich wartete drei weitere Tage vergeblich. Und schliesslich, als ich schon nicht mehr daran glaubte, noch jemals etwas von ihr zu hören, las ich: „In Ihrer Mailbox befindet sich eine neue Nachricht". Ich war völlig aufgeregt! Als ich Ihre Mail öffnete, kannte meine Neugier keine Grenzen. Sie hatte mich nicht vergessen. Kurz nachdem ich in die Schweiz zurückgekehrt war, hatte sie sich den Fuss gebrochen. Sie habe viel an mich gedacht und freue sich, dass ich ihr geschrieben habe.

In der Folge tauschten wir wöchentlich zwei bis drei Mal Emails aus. Dabei tastete ich mich immer weiter vor um herauszufinden, wie sehr sie mich mochte. Ich drückte dabei vorsichtig meine Gefühle aus, die ich für sie empfand, denn ich wollte nicht direkt mit der Tür ins Haus fallen. Aufgrund ihrer Antworten, ging ich davon aus, dass sie Gleiches für mich empfand. Nach etwa einem Monat, wagte ich es, sie das erste Mal anzurufen. Sie freute sich sehr über meinen Anruf und das machte mich glücklich. Mein Gefühl sagte mir, dass eine kleine Pflanze der Liebe langsam gedieh. Und es sollte auch so kommen. Im nächsten Email, welches sie mir schrieb, teilte sie mir mit, dass sie mich liebe. Mein Herz jubelte! Endlich brauchte ich meine Gefühle nicht mehr zurückzuhalten. Doch gleichzeitig wusste ich, dass dies auch schlechte Seiten hatte, denn ich war doch immer noch verheiratet, wenn auch nicht mehr glücklich. Dieser Zwiespalt würde mich die nächsten Jahre begleiten und es würde mein Leben nicht leichter machen, dass wusste ich. Und trotzdem liess ich mich darauf ein. Ich war immer ein rational denkender Mensch gewesen, der seine Handlungen selten von Gefühlen leiten liess. Doch diesmal war ich machtlos und liess die Liebe geschehen.

Mit jedem Telefongespräch, jeder Email stieg in mir die Gewissheit, dass ich Sie wieder sehen musste. Inzwischen wusste ich auch ein wenig mehr von ihr. Sie war geschieden und hatte Zwillingstöchter, die bereits zur Schule gingen. Ich begann mir eine Strategie zurechtzulegen, wie ich ohne dass meine Frau misstrauisch wurde, nach China reisen konnte. Nach sorgfältiger Vorbereitung konnte ich meiner Lieben schliesslich mitteilen: Im Frühling komme ich Dich in Suzhou besuchen! Bis dahin dauerte es aber noch einige Monate und ich musste mich in Geduld üben. Wir telefonierten regelmässig miteinander und schrieben uns weiterhin Emails.

Schliesslich kam der Tag der Abreise. Ich war gespannt auf das, was mich in Suzhou erwarten würde. Mit dem Zug fuhr ich von Bern nach Frankfurt und von dort flog ich mit der Air China nach Shanghai.

Als ich Pass-Kontrolle und Zoll passiert hatte, gelangte ich in die Ankunftshalle. Und da sah ich sie: Dasselbe wunderschöne Lächeln, dieselben ausdruckstarken Augen, die Frau, welche mich nach China zurückgebracht hatte. Sie war mit einem Taxi von Suzhou gekommen und auch zurück nach Suzhou nahmen wir dasselbe Taxi. Wir sprachen nicht viel während der Fahrt und schliesslich schlief sie an meiner Seite ein. In Suzhou brachte sie mich im Nanlin Hotel unter, einem 3-Sterne Hotel, welches im Stile der chinesischen Gärten erbaut worden war. Das Hotel war ebenfalls an der Shiquan Jie gelegen, aber doch etwas von den Bars entfernt. Meine Liebste arbeitete inzwischen nicht mehr in derselben Bar wie früher, ich wollte aber auch nicht dorthin gehen, weil das wohl nur kompliziert geworden wäre.

Ich erinnere mich gerne an dieses erste Zusammensein mit meiner Liebsten zurück. Auch damals war sie schon viel beschäftigt, kümmerte sich am Tag um ihre beiden Töchter und arbeitete in der Nacht. Während meiner Anwesenheit in Suzhou nahm sie sich jedoch Zeit und besuchte so zusammen mit mir unter anderem Gärten wie z.B. den Garten des Verweilens (Liu Yuan), den Garten des Meisters der Netze (Wangshi Yuan), den Tigerhügel (Hu Qiu) und das Panmen, ein renoviertes Stadttor mit einem Stück der alten Stadtmauer. Manchmal musste sie nach Hause, wenn die Kinder von der Schule kamen und manchmal konnte sie in der Nacht nicht frei nehmen, weil zuwenig Mädchen in der Bar arbeiteten. Ich schaute dann fern, oder las ein Buch.

Daneben jedoch hatten wir eine sehr schöne gemeinsame Zeit, ich war sehr glücklich und genoss jede Minute, die ich mit ihr zusammen verbringen durfte. Diese intimen Momente sind für mich jedoch so speziell und privat, so dass ich sie nur in meinem Herzen behalten möchte und deshalb nicht hier festhalten werde (wie auch bei den folgenden Kapiteln). Doch bald schon waren die schönen Tage vorüber. Ich musste die Rückreise antreten und ich wusste, in der Schweiz würde mich der graue Alltag wieder erwarten. So hat alles angefangen und deshalb bin ich heute Stammgast in der Night Lovers Bar. Doch dazu später mehr.

Back in Darkness

Ich war wieder zu Hause. Der Kontakt mit meiner Frau wurde zunehmend schwieriger. Sie war eigentlich eine gute Frau, mit Stärken und Schwächen, wie alle Menschen. Vor Jahren, als wir geheiratet hatten, war es wirklich Liebe. Doch die Jahre sind nicht spurlos an uns vorüber gegangen und in gewissen Dingen haben wir uns auseinander gelebt. Trotzdem, ich hatte ein schlechtes Gewissen. Denn nach meinem Empfinden war die Liebe zu meiner Freundin nicht richtig, meiner Frau gegenüber nicht fair. Dieser Umstand begann an mir zu nagen, ich fühlte mich oft schlecht, vor allem auch, weil ich ein Doppelspiel Aufrecht erhalten musste, denn ich wollte nicht, dass meine Frau von meiner Liebe erfährt. Ich wusste aber, dass dies schwierig werden würde, da ich dies wohl spätestens bei meinem nächsten Besuch in Suzhou nicht mehr verbergen konnte.

Auch in anderer Hinsicht hatte ich kein Glück: Einige Wochen nach meiner Rückkehr ging mein Arbeitgeber pleite und ich wurde arbeitslos. Dieser Umstand verschlechterte meine triste Stimmung natürlich noch mehr. Nur kurzzeitig verbesserte sich diese mit dem Umzug in unser Eigenheim. Dies war ein lang gehegter Wunsch sowohl vom meiner

Frau wie von mir. Mein Vater hatte mir das Geld aus meinem Erbe vorgeschossen, alleine hätte ich das nie finanzieren können. Dies war auch der Grund, dass nur ich im Grundbuch eingetragen wurde. Dieser Umstand verursachte später bei meiner Frau viel böses Blut. Als ich später den Eintrag für meine Frau nachtragen lassen wollte, riet mir der Notar vehement davon ab. Zum Glück, muss ich im Nachhinein sagen, denn so ist mir wenigsten das Haus geblieben, wenn ich auch nicht mehr darin wohnen kann.

Schliesslich wollte ich wieder zu meiner Liebsten nach Suzhou gehen. Dass dies schwierig werden würde, hatte ich vorausgeahnt. Leider war mir das Lügen auch nie gegeben, und als meine Frau mich fragte, ob ich eine Geliebte in China hätte, sagte ich ihr die Wahrheit. Die nächsten Wochen waren hart für Beide von uns, sowohl sie wie mich umgab eine Mauer des Schweigens. Ein schwacher Trost war, dass ich mich wenigstens nicht zum Lügner verbogen hatte. Doch dies brachte mein schlechtes Gewissen nicht zum Verschwinden. Im Gegenteil, ich fühlte mich noch mieser.

Mein Zwiespalt, meine innere Zerrissenheit sollte sich nach meiner Rückkehr weiter verschlimmern. Vorläufig freute ich mich aber darauf, meine Liebste wieder zu sehen.

Suzhou retour

Wie glücklich war ich, als ich meine Liebste wieder in die Arme schliessen durfte. Nicht am Flughafen, da sind die Chinesen gefühlsmässig sehr zurückhaltend, doch später in meinem Hotelzimmer, genoss ich die Momente, die ich so lange vermisst hatte. Diesmal wohnte ich im Suzhou Hotel, in welchem ich bereits vor etwas mehr als einem Jahr gewohnt hatte, als ich meine Liebste kennen lernte. Sie arbeitete inzwischen nicht mehr in der Bar sondern in einer Fabrik, aber ich war erleichtert, denn ich war ja bisher ständig in Sorge um sie. Doch auch der Job in der Fabrik war sehr anstrengend und ich bekam meine Liebste weniger zu Gesicht als beim letzten Mal, da sie oft 16-Stunden-Schichten zu absolvieren hatte.

Die Zeit die wir zusammen verbrachten, genoss ich darum umso intensiver. Höhepunkt dieser Reise war für mich der Sonntagsausflug den wir zusammen mit ihren süssen Töchtern machten. Ich freute mich sehr, ihre Töchter kennen lernen zu dürfen. Es brachte mich einen kleinen Schritt näher zu ihr und zeigte mir, dass sie auch mehr Vertrauen zu mir gewann. Mehr Sorgen machte mir aber, dass sie öfters Kopf und Magenschmerzen hatte. Sie gönnte sich aufgrund des enormen

Arbeitsaufwands kaum Zeit um sich richtig zu erholen. So schleppte sie ihre Krankheiten immer mit sich herum, ohne dass sie auskuriert waren. Diese und andere Sorgen stimmten mich traurig und hinterliessen bei mir ein Gefühl der Hilflosigkeit. Denn sobald ich nicht mehr in Suzhou war, konnte ich mich nicht um sie kümmern, nicht mehr Anteil nehmen und ihr helfen.

Diese Situation traf schon bald ein, denn ich musste bereits wieder abreisen. Aufgrund meiner Arbeitslosigkeit hatte ich nur wenige Tage „Ferien" zu gut und musste deshalb wieder zurück in die Schweiz, damit ich meinen Anspruch auf Arbeitslosengeld nicht verringerte. Doch wenigstens trat bezüglich meiner Arbeitssituation eine Verbesserung ein: Noch in China erhielt ich einen Anruf, dass ich auf den Folgemonat eine neue Stelle antreten könne, allerdings in einer anderen Stadt. Auch war diese Arbeit schlechter bezahlt als die bisherige, doch wenigstens hatte ich wieder eine berufliche Perspektive.

Die Zeit des Abschieds kam schnell. Meine Liebste begleitete mich bis nach Shanghai zum Flughafen. Dort nahmen wir voneinander Abschied und ich flog in die kalte Schweiz zurück. Doch das war noch nicht kalt genug, denn zu Hause war die Eiszeit ausgebrochen…

No Fire but a lot of Ice

Zu Hause gab es lange nichts zu besprechen, sowohl meine Frau wie ich zogen sich in sich zurück und wir versuchten, einander aus dem Weg zu gehen so gut es eben ging. So ging ich beispielsweise erst ins Bett, wenn ich wusste, dass sie bereits eingeschlafen war. Ich wusste auch, dass Sie nach mir aufstehen würde, da ich ja sowieso zur Arbeit gehen würde (zum Glück hatte ich ja wieder eine). Die Atmosphäre war dermassen kühl, dass der Gefrierpunkt nicht mehr im Tiefkühlfach des Kühlschranks, sondern ausserhalb im Wohnbereich lag. Einzig wenn unser Sohn noch nicht im Bett war, versuchten wir Normalität auszustrahlen, so dass unser Sohn von all unseren Problemen fast nichts mit bekam. Das war auch ein vorrangiges Ziel: Unser Kind sollte trotz allem so glücklich wie möglich aufwachsen können. Sobald aber unser Sohn im Bett war, wurde es gespenstisch still, sofern nicht der Fernseher lief.

Meine Liebste unterstützte ich in dieser Zeit aus der Ferne, so gut oder schlecht ich das überhaupt konnte. Zuerst überwies ich ihr etwas Geld, damit sie sich zusammen mit ihren Ersparnissen eine Wohnung für sich und ihre Kinder kaufen konnte. Ich fand es gut und wichtig, dass ihre Kinder in einer guten Umgebung aufwachsen konnten. Etwas Sorgen machten mir ihre immer wiederkehrenden Krankheiten. Sie hatte häufig starke Kopfschmerzen, erkältete sich oft, und es kamen auch Gallenstein- und Gebärmutter-Probleme hinzu. Wenn ich jeweils am Telefon hörte, wie schlecht es ihr ging und ich ihr nicht helfen konnte, fühlte ich mich hilflos.

Einige Monate später eröffnete sie mir, dass sie es satt habe ständig nur von anderen abhängig zu sein. Sie habe die Möglichkeit, eine Bar in der Shiquan Jie zu kaufen und wolle versuchen, als Selbständige ihr Geld zu verdienen. Tief im Innern erfreute mich das nicht, denn von früher her wusste ich ja, dass die Bars der Shiquan Jie das Rotlicht-Milieu von Suzhou waren. Andererseits würde sie selbst ja nicht an der Front arbeiten, weshalb ich sie schweren Herzens mit einem finanziellen Beitrag zu ihrem Schritt in die Selbständigkeit unterstützte. Andererseits: Ich wusste, sie war eine starke Frau und würde sich durchsetzen können. Im März schliesslich konnte sie ihre Bar eröffnen. Eines Tages fragte sie mich, ob ich einen guten englischen Namen für Ihre Bar wüsste. Ich machte ihr einige Vorschläge, darunter den Namen „ Night Lovers Bar". Seitdem hängt neben dem Eingang eine Leuchtreklame mit dem Schriftzug „Night Lovers".

Es dauerte einige Monate, bis meine Frau und ich wieder einigermassen normal mit einander sprechen konnten. In dieser Zeit plante meine Frau, mit meinem Sohn zusammen in den Sommerferien ihre Familie in China zu besuchen. Ich wartete, bis ihre Reisedaten feststanden und begann dann meine Reise zu buchen. Ich hatte meine Liebste bereits über ein halbes Jahr nicht mehr gesehen und hielt es fast nicht mehr aus (bis ich sie endlich wieder in die Arme schliessen konnte sollten insgesamt 9 Monate vergangen sein). Ich buchte also meine Reise und passte gut auf, dass ich sowohl die Kontoauszüge mit der Überweisung ans Reisebüro wie auch den Umschlag mit dem Flugticket vor meiner Frau abfangen konnte. Ich dachte, ich hätte an alles gedacht und hätte so geplant, dass meine Frau nichts gemerkt hat. Nach meiner Rückkehr wurde ich eines Besseren belehrt. Zwei Komponenten hatte ich nicht eingerechnet: Das Reisebüro und dass mir mein Mobiltelefon gestohlen wurde. Das Reisebüro rief einmal bei mir zu Hause an um ein Detail zu klären. Ich war nicht zu Hause, dafür aber meine Frau, die so erfuhr, dass ich auch nach China reisen würde. Dies sagte sie mir aber erst nach meiner Rückkehr. Und an meinem 2. Tag in Suzhou wurde mein Mobiltelefon gestohlen, so dass ich während 10 Tagen nicht mehr telefonisch erreichbar war. Dies war vor allem deshalb schlimm, weil ich nun für meinen Sohn nicht mehr erreichbar war und ich so meine

Abwesenheit nicht mehr kaschieren konnte (da wusste ich ja noch nicht, dass meine Frau bereits von meinem Aufenthalt in China wusste).

Schliesslich kam der Abreisetag für meinen Sohn und meine Frau. Nachdem ich meine Frau und meinen Sohn zum Bahnhof gebracht hatte, konnte ich beginnen, mich um meine eigene Reise zu kümmern. Eine Woche später war es soweit.

Night Lovers Bar

Wie schon die letzten beiden Male wurde ich auch dieses Mal von meiner Liebsten am Flughafen abgeholt. Wie die letzten beiden Male war auch dieses Mal ihre Frisur leicht verändert, stand ihr aber gut. Dieses Mal brachte sie mich im People's Hotel unter, welches ungefähr in der Mitte zwischen dem Einkaufsviertel um die Guan Qian Jie und der Shiquan Jie lag. Zu Fuss brauchte ich ungefähr eine Viertelstunde um in die Shiquan Jie zu gelangen.

Wir ruhten uns zuerst etwas aus, denn meine Liebste hatte kaum geschlafen, war von der Arbeit direkt zum Flughafen gekommen, um mich abzuholen. Ich liess sie schlafen, bis es Abend war, denn ich wusste, dass sie, wenn ich in der Schweiz war, immer zu wenig Schlaf hatte. Nachdem sie aufgewacht war, machten wir uns etwas frisch und gingen gemeinsam Abendessen. Beim Essen sprachen wir nicht viel, ich fand, sie sah immer noch abgespannt aus. Aus meiner Sicht war sie in einen Teufelskreis geraten. Einerseits hatte sie nun Erfolgsdruck mit ihrem eigenen Geschäft, andererseits bekam sie immer häufiger Signale von ihrem Körper, dass sie diese Anstrengungen auf die Dauer nicht durchhalten würde. Das machte mir

Sorgen, doch ein Gespräch darüber wollte sie nicht führen.

Nach dem Essen begaben wir uns gemeinsam an ihre neue Wirkungsstätte, der Night Lovers Bar. Die Bar war in einem ähnlichen Stil gestaltet, wie die Bar in der ich sie zwei Jahre zuvor kennen gelernt hatte. Dabei lernte ich auch einige der Mädchen kennen, welche ich zuvor schon vorgestellt habe. Ich nahm am Rand der Theke Platz und bekam sofort ein Bier, Marke Tsingtao. Nun war ich also angekommen in der Welt des chinesischen Rotlichts.

Dieses Mal war es so, dass meine Liebste dauernd beschäftigt war, und deshalb wenig Zeit für mich hatte. Ich verbrachte also die Tage meist mit Sight-Seeing, Einkaufen und anderen Dingen, die Nächte sass ich in der Bar, trank ein paar Biere und beobachtete das Geschehen in der Bar.

Wenn ich nun so dasass, auf meinem Stuhl, kam mir ab und zu der Gedanke, was wohl meine Mutter sagen würde. Ich hatte zu Hause einen wunderbaren Sohn und eine seriöse, anständige Frau mit der ich mich lediglich etwas auseinander gelebt hatte, und sass nun hier mitten im chinesischen Rotlicht-Milieu, weil ich mich in eine Frau verliebt hatte, die aus eben diesem Milieu stammte. Schwer nachvollziehbar für

Aussenstehende, auch ich überlegte mir manchmal, ob ich das Richtige tat. Aber meine Gefühle betrogen mich nicht und ich kannte im Gegensatz zu den andern Menschen den traurigen Hintergrund, den meine Liebste schliesslich in dieses Milieu geführt hatte. Sie war eine Mutter, die ihre beiden Töchter zu ernähren hatte - nachdem sie von ihrem Mann im Stich gelassen wurde - und ihnen das bestmögliche Leben geben wollte.

Chinas sozialistische Marktwirtschaft chinesischer Prägung war härter als sich das jeder Europäer vorstellen konnte. Es gab viele Gewinner, doch ungleich mehr Verlierer. Wer nicht die Ellenbogen einsetzte und sich nach oben kämpfte, blieb in der Armut stecken oder hatte sein Leben lang 15 – 16 Stunden-Tage in irgendeiner Fabrik zu absolvieren, zu Löhnen, die in unseren Gefilden nicht einmal für einen halben Tag Arbeit reichten. Meine Liebste wollte da raus, wer konnte es ihr verübeln? Ich wusste, sie konnte sich durchsetzen. Mehr Sorgen machte mir, dass Suzhou zwar zurzeit noch nicht auf der Landkarte des organisierten Verbrechens figurierte, doch dass dies aus meiner Sicht nur eine Frage der Zeit war. Irgendwann würden die Triaden sich auch hier ein Stück vom Kuchen abschneiden wollen und dafür waren die Bars in der Shiquan Jie gerade zu prädestiniert. Die Bars wurden meist von Frauen geführt, einige davon arbeiteten früher selbst als Xiaojie. Würden sich diese Frauen den Triaden widersetzen können, wenn diese eines Tages auftauchen würden? Ich befürchtete, dass sie das nicht können würden. Aber es gab ja auch noch eine andere Mafia, die lokalen Behörden. Die schnitten sich, so konnte ich mit den Jahren beobachten, auch etwas vom Kuchen ab. In China hiess das „Guanxi" (Gefälligkeit) und dafür drückten sie bei diesem – laut Gesetz – illegalen Geschäft die Augen zu.

Ich wusste also genau, dass der Mensch, der meine Liebste war und ihre Arbeit zwei verschiedene Paar Schuhe waren. Ich wusste, dass sie ein guter Mensch und eine gute Mutter war. Das Leben jedoch hatte es nicht immer gut mit ihr gemeint. Sie war aber ein starker Mensch und hat sich immer wieder aufgerappelt. Mit dieser Bar erhoffte sie sich Unabhängigkeit. Und obwohl ich der Rotlicht-Bar Skepsis entgegenbrachte, unterstützte ich sie in ihrem Streben nach Selbständigkeit und Unabhängigkeit.

Die Abende in der Bar waren trotzdem nicht immer einfach. Zu sehen, wie primitive Ausländer nichts dabei fanden, sie zu betatschen, wenn sie die Getränke an den Tisch brachte, und dabei nicht einschreiten zu dürfen (da wäre sie nicht einverstanden gewesen, denn das gehörte zu den negativen Erscheinungen in diesem Geschäft, die es in Kauf zu nehmen galt), war manchmal sehr, sehr hart. Gefühle, die ich sonst nicht an mir kannte, wallten plötzlich in mir hoch. Ich bin ein friedliebender Mensch, doch dem Einen oder Andern hätte ich gerne mal eine gescheuert. Verdient hätten sie es allemal.

In Suzhou kannte ich inzwischen einige gute Ecken für Tee, wenn ich also nicht in der Bar sass, stöberte ich durch diese Teeläden, degustierte Tee und kaufte einige gute Sorten, die ich dann nach Hause mitnahm. Wirklich guten Tee gab es in der Schweiz nicht oder nur zu sehr teuren Konditionen zu erstehen, weshalb ich mich jeweils auf meinen Chinareisen für ein halbes Jahr eindeckte. Suzhou war auch bekannt als Herkunftsort einer berühmten Teesorte: Bi Luo Chun. So war es klar, dass ich mir vor allem von diesem Tee einige Päckchen abfüllen liess.

Die Tage gingen viel zu schnell vorüber, vor allem auch weil ich viel zu wenig Zeit mit meiner Liebsten verbringen konnte, die wegen ihren Kindern und ihrer Arbeit dauernd auf Achse war. Manchmal tat mir das Herz weh, zu sehen wie sie sich abarbeitete, müde war und sich trotzdem keine Erholung gönnte. Ich verfluchte die Distanz, die bald wieder zwischen uns sein würde, denn so konnte ich mich nie richtig um sie kümmern, konnte ihr nie der Partner sein, der ich gerne sein wollte. So war denn auch der Abschied für mich ein trauriger, denn ich wusste, ich würde nicht da sein können, wenn sie mich brauchte.

Als ich im Flieger zurück in die Schweiz sass, fühlte ich eine Leere in mir emporsteigen. Ich fühlte mich hilflos und traurig.

Zu Hause in der Fremde

Ich war zwar wieder zu Hause, doch als auch meine Frau mit meinem Sohn nach Hause zurückgekehrt war, fühlte ich mich in der Fremde, meine Frau und ich hatten uns kaum mehr etwas zu sagen. Wenigstens mit meinem Sohn hatte ich weiterhin ein gutes Verhältnis. Aber wie lange konnten wir unsere Probleme noch vor ihm verbergen? Wann würde er anfangen, darunter zu leiden? Das war es, was ich unbedingt vermeiden wollte, aber ob es mir gelingen würde, wusste ich nicht.

Im Herbst machte ich eine Reiseleitung für eine kleine Gruppe von Freunden durch das nördliche China bis Shanghai. Auf diese Reise nahm ich meinen Sohn mit und wir hatten dabei Gelegenheit unser inniges Verhältnis noch mehr zu vertiefen. Dabei fand ich auch den Mut, zum ersten Mal Probleme zwischen seiner Mutter und mir anzusprechen um ihn sanft darauf vorzubereiten, was wohl unvermeidbar sein würde.

Auf dieser Reise konnte ich meine Liebste nur kurz an einem Tag sehen, und zwar am zweitletzten Tag, als wir in Shanghai Halt machten. Sie kam mit dem Zug aus Suzhou angereist und kam mit dem Taxi zu meinem Hotel. Die Gruppe mit meinem Sohn war zu dieser Zeit mit der lokalen Reiseleiterin unterwegs, so dass wir ein paar ungezwungene Stunden miteinander verbringen konnten. Nach dem Mittagessen spazierten wir ein wenig durch die Nanjing Lu und wären fast in meine Reisegruppe und meinen Sohn hineingestolpert. Puhh... Glück gehabt. So sollte er es doch nicht erfahren.

Bald musste meine Liebste wieder zurück nach Suzhou, denn die Arbeit wartete. Sie war erst seit kurzem selbständig und konnte das Geschäft nicht alleine lassen. Ich verstand das, auch wenn ich traurig war. Es würde nun einige Zeit vergehen, bis ich sie wieder würde sehen können. Ich brachte sie zum Bahnhof zurück und verabschiedete mich von Ihr. Meine Gruppe und ich reisten am nächsten Tag in die Schweiz zurück.

Kurz nach meiner Heimkehr kaufte ich Möbel für mich. Vor einiger Zeit hatte ich den Estrich ausgebaut und ihn wohnlicher gestaltet. Nun zog ich aus dem gemeinsamen Schlafzimmer aus, wohl wissend, dass auch dies nur ein Zwischenschritt war in eine ungewisse Zukunft. Insgeheim wusste ich: meine Ehe war gescheitert und ich hatte ein grosses Stück dazu beigetragen, wobei die Probleme schon bestanden, bevor ich meine Liebste kennen gelernt habe. So wurde nur ein Prozess beschleunigt, der wahrscheinlich auch sonst in Gang gekommen wäre.

Irgendwann konnte ich gewisse Umstände auch vor meinen Eltern nicht mehr verbergen, auch wenn ich dies versuchte. Meine Mutter war inzwischen an Krebs erkrankt und ich wollte ihr zusätzliche Probleme ersparen, weil ich wusste, wie nahe ihr das Scheitern meiner Ehe gehen würde.

Während des Jahreswechsels war ein Chinese während 2 Monaten Gast in unserem Haus. Meine Frau die bisher stets beteuert hatte, dass sie mich noch liebt, fühlte sich vermehrt zu diesem Gast hingezogen und ich stellte mit der Zeit fest, dass zwischen den Beiden etwas lief. Auch wenn ich mir nichts anmerken liess: Es machte mir nicht so viel aus, wie es sollte. Im Gegenteil, nun hatte ich für meine Gefühle gegenüber meiner Liebsten kein schlechtes Gewissen mehr. Nach dem der Chinese wieder in seine Heimat zurückgereist war, stellte mich meine Frau vor ein Ultimatum. Ich entschied, mir eine eigene Wohnung zu suchen.

Nach dieser Entscheidung war es an mir, meine Familie zu orientieren, zu aller erst meinen Sohn, danach meine Eltern. Schwierig wurde es, als meine Frau, einmal bei meinen Eltern war und ihren Emotionen freien Lauf liess. Ich wurde anschliessend zu meinen Eltern eingeladen und musste mich rechtfertigen, eine Situation die mich regelrecht wütend machte, weil meine Frau ihnen Dinge erzählt hatte, die ich meinen Eltern lieber selbst in meinen Worten erklärt hätte. Doch nun war für mich definitiv klar: Zu ihr würde ich nicht mehr zurückkehren, auch wenn man im Leben niemals nie sagen sollte. Doch zuviel Geschirr war zerschlagen worden und für mich war dies der Abschluss eines Lebensabschnitts.

Dank einer Freundin, welche in eine Wohngemeinschaft umziehen wollte, fand ich relativ schnell eine kleine Zweizimmer-Wohnung. Nebst dem Entscheid, zu Hause auszuziehen, standen noch andere Änderungen an: Ein guter Freund vermittelte mir eine neue Arbeit, wieder in meiner Heimatstadt, welche erst noch besser bezahlt war, als die vorherige. Und auch für eine weitere Chinareise hatte ich mich entschieden, denn viel zu lange hatte ich meine Liebste nicht mehr gesehen. So war also dieser Frühling ein ereignisreicher Frühling für mich. Doch eine wirkliche Trendwende zum Guten in meinem Leben markierte er nicht.

Im Regen von Suzhou

Noch bevor ich in meine neue Wohnung umzog, reiste ich wieder nach Suzhou zu meiner Liebsten. Sie holte mich wie immer am Flughafen ab. Diesmal wirkte sie noch müder und abgespannter als sonst. Kurz nachdem wir das Flughafengelände verlassen hatten, schlief sie ein. Ich hielt sie in meinen Armen, bis wir Suzhou erreichten. Diesmal wohnte ich in einem kleinen Hotel in der Shiquan Jie, welches mir bei meinem letzten Aufenthalt noch nicht aufgefallen war. Es war zwar klein, aber was wichtig war: sauber. Noch vor einigen Jahren wären solche Hotels eher der schmuddeligen Sorte zuzuordnen gewesen

Kaum hatten wir das Zimmer bezogen, schlief meine Liebste ein. Ich liess sie schlafen und beobachtete eine Weile ihr Gesicht. Auch im Schlaf war ihre Miene angespannt und wirkte angestrengt. Das Lächeln, welches früher Ihre Mundwinkel sogar noch im Schlaf umspielte, war gänzlich verschwunden. Sie konnte auch im Schlaf nicht mehr loslassen von den Sorgen des Alltags und der Last der Selbständigkeit. Ich machte mir wirklich Sorgen.

Ich liess sie weiterschlafen und gönnte mir eine Dusche. Gegen 19:00 Uhr wachte sie auf. Trotz des mehrstündigen Schlafs wirkte sie keineswegs erholt. Nachdem sie sich frisch gemacht hatte, gingen wir Abendessen. Wir assen im Yangyang, einem Restaurant in der Shiquan Jie, welches im weltbekannten Reiseführer Lonely Planet erwähnt wird, und deshalb auch von vielen ausländischen Gästen aufgesucht wurde. Für mich war das Essen in diesem Restaurant ganz gut, doch es gab viele Restaurants in Suzhou, die auf dem gleichen oder sogar auf einem höheren Niveau kochten. Nach dem Essen begleitete ich meine Liebste zur Bar.

Von den anwesenden Mädchen kannte ich ungefähr noch die Hälfte. Es war ein hartes Geschäft und auch wenn dieser Ausdruck brutal und etwas herzlos tönt: der Verschleiss war gross. Doch ich sah auch bekannte Gesichter wieder: Yangyang war da, auch Xiaomei und Xiaojing arbeiteten immer noch hier und ich freute mich sie zu sehen, denn mit der Zeit waren wir doch so etwas wie Freunde geworden.

An der Zeit in Suzhou hatte ich dieses Mal nicht so Freude wie in den Jahren zuvor. Dies lag vor allem daran, dass meine Liebste kaum noch Zeit für mich hatte, weil Kinder, Geschäft, Behörden usw. sie dermassen absorbierten. Das war für mich ziemlich unbefriedigend. So kam es zu ersten kleineren

Streitigkeiten zwischen uns. Zudem war es so, dass es im Vergleich zu den vergangen Jahren unmässig viel regnete, was mir zusätzlich auf die Stimmung schlug. Ich unternahm an einem trockenen Tag einen Tagesausflug nach Shanghai aber sonst drückte das Wetter auf meine Unternehmungslust. Während meines Aufenthalts erlitt der jüngere Bruder meiner Liebsten einen schlimmen Motorrad-Unfall. Er wurde so schlimm am Bein verletzt, dass sein Kniegelenk durch ein künstliches Kniegelenk ersetzt werden musste. In den Tagen nach dem Unfall war meine Liebste praktisch nur noch in der Bar oder im Spital anzutreffen, um die Pflege ihres Bruders zu organisieren und sich um ihn zu kümmern. Dafür hatte ich natürlich Verständnis, auch wenn es bedeutete, dass ich sie noch weniger zu Gesicht bekam. Da fühlte ich wieder einmal den Blues in mir…

So kehrte ich diesmal unzufrieden nach Hause zurück. Meine Liebste konnte mich dieses Mal auch nicht zum Flughafen begleiten, da sie gleich nach der Arbeit zu ihrem Bruder ins Spital gehen musste.

Ein neues Zuhause

Zurück in der Schweiz hatte ich gerade eine Woche Zeit, meinen Umzug zu organisieren. Das hatte auch Vorteile: In der kurzen Zeit in der ich noch zu Hause wohnte, musste ich mich nicht mehr gross mit meiner Frau auseinandersetzen. Ich war froh, dass ich endlich ihren vorwurfsvollen Blicken entrinnen konnte, mit denen sie mich täglich bedachte, sobald unser Sohn im Bett war.

Der Umzug selbst war in einem halben Tag bewerkstelligt. Ich nahm fast nichts von der Wohnungseinrichtung mit in meine kleine Zwei-Zimmer-Wohnung. Es war schon eine starke Umstellung: Lebte ich vorher in einem Einfamilienhaus mit 7 Zimmern auf 3 Stockwerken, war ich plötzlich auf eine kleine Wohnung mit Schlaf- und Wohnzimmer beschränkt. Das am wenigsten Befriedigende an der Wohnung war die Küche, die von der Einrichtung her noch in das Vor-Elektro-Zeitalter gehörte und als Luxus einen freistehenden Elektro-Kochherd und einen Kühlschrank aufwies. Der Rest war mindestens 40 Jahre alt und sah auch entsprechend aus.

Zum ersten Mal in meinem Leben musste ich in der Lebensqualität Rückschritte in Kauf nehmen. Das stimmte mich einerseits etwas depressiv, andererseits war mir klar, dass diese Phase meines Lebens mit Einschnitten verbunden war. Dies vor allem, weil mein Einkommen jetzt für 2 Haushalte reichen musste. Einiges wäre sicherlich einfacher gewesen, wenn ich in der ganzen Trennungsgeschichte mehr Entscheidungskraft an den Tag gelegt hätte. Doch mein schlechtes Gewissen hielt mich immer wieder davon ab, endgültige Entscheidungen zu treffen. So dauerte schliesslich ein Jahr, bis ich mich dazu aufraffte, mit meiner Frau das Thema Scheidung anzugehen.

Einen Monat nach meinem Umzug trat ich meine neue Stelle in der Agglomeration meiner Heimatstadt an. Zu Beginn liess es sich gut an, ich konnte mein über die Jahre erarbeitetes Fachwissen voll einbringen, was mich natürlich motivierte.

Dies liess mich ab und zu vergessen, dass ich mich wieder bis Oktober gedulden musste, bis ich meine Liebste wieder sehen konnte. Obwohl ich ihr telefonierte, so oft ich konnte, war es nicht immer leicht, an die ewige Liebe zu glauben. Ich konnte Geduld haben, dass wusste ich aus früherer Erfahrung, doch konnte sie es auch? Manchmal beschlich mich ein Gefühl der Angst, dass sie jemanden kennen lernen würde, während ich in der Schweiz war und dass ich sie verlieren würde. Liebe ist oft auch Folter und kann grausam sein, dies wurde mir in den vielen einsamen Stunden bewusst, in denen ich alleine zu Hause herumsass.

Auch jemand anders fehlte mir sehr, doch war er wenigstens in der Nähe und besuchte mich fast jedes Wochenende: mein Sohn. Ich war froh und erleichtert, dass er mich trotz meines Auszugs immer noch liebte und respektierte. Er kam auch gerne zu mir nach Hause, was mich zusätzlich etwas beruhigte.

Dennoch, mein Leben war nicht mehr einfach, denn vor allem finanziell geriet es aus den Fugen. Dabei merkte ich es erst mit Verzögerung. Dies hatte seinen Ursprung darin, dass ich bisher ein gutes Einkommen hatte und gewohnt war, mein Geld ausgeben zu können ohne jeden Franken zweimal umdrehen zu müssen. Auch zu Beginn der Trennung fuhr ich im gewohnten Stil weiter. Ich musste jedoch rasch feststellen, dass mein Geld in rasendem Tempo verschwand und die ohnehin nicht grossen Ersparnisse recht schnell aufgebraucht waren. Zudem hatte mich mein schlechtes Gewissen dazu angehalten, bei den Alimenten gegenüber meiner Frau recht grosszügig zu sein und gab ihr mehr, als ich verkraften konnte, wie ich dann mit der Zeit feststellen musste. Anfangs unbewusst schlitterte ich in eine persönliche Krise hinein.

Ich begann wichtige Verpflichtungen zu verdrängen. Ich öffnete mit der Zeit meine Post nicht mehr, versäumte Zahlungen und zahlte meine Steuern nicht mehr. Nach Aussen wahrte ich jedoch den Schein, als ginge es mir gut. Vor allem am Arbeitsplatz liess ich mir nichts anmerken und hatte oft 10 oder 12 Stunden-Tage. Doch auch hier zogen dunkle Gewitterwolken am Horizont auf, denn der Kunde hatte sich in meinem Teilprojekt entschieden, diesen Teil erst später zu realisieren. In den folgenden Monaten war ich deshalb kaum beschäftigt und wurde nur mit Kleinaufträgen bedacht, für die ich aber meist überqualifiziert war. Dies demotivierte mich zusehends.

Ich machte bei mir zusehends Anzeichen eines Burnout-Syndroms aus, war aber zu lethargisch, um etwas gegen meine Situation zu unternehmen. Zu wissen, dass etwas nicht mehr im Gleichgewicht ist und es trotzdem einfach geschehen zu lassen ohne sich dagegen anzustemmen, hatte etwas Fatalistisches und Selbstzerstörerisches an sich. Obwohl ich wusste, dass ich etwas dagegen unternehmen musste, fand ich oft die Kraft nicht, um mich zusammen zu nehmen. Das Stadium des Blues in mir war da längst überschritten, ich schlitterte in eine Depression hinein, ohne mir dies zum damaligen Zeitpunkt bewusst zu sein. Nicht besser wurde es dadurch, am Abend alleine zu

Hause zu sein, es verstärkte die depressive Stimmung nur noch.

Mein nächstes und einziges Ziel war meine nächste Reise nach Suzhou. Da ich aber finanziell ziemlich am Anschlag war, war ich bis zuletzt nicht sicher, ob ich die Reise wirklich in Angriff nehmen konnte. Ein finanzielles Geschenk meiner Eltern ermöglichte es mir schliesslich doch, die Reise nach China anzutreten.

Von Suzhou nach Nanjing

Auf dieser Reise nach Suzhou wollte ich nicht die ganze Zeit in Suzhou verbringen, da ich die letzten Male doch oft auf mich alleine gestellt war, weil meine Liebste zu viel um die Ohren hatte. So traf es sich gut, dass in der ehemaligen kaiserlichen Hauptstadt Nanjing die 10. Chinesischen Spiele stattfinden würden, dem chinesischen Pendant zu den Olympischen Spielen, welche ebenfalls im Vierjahres-Rhythmus stattfanden.

Doch zuerst war natürlich Suzhou an der Reihe. Wie jedes Mal holte mich meine Liebste am Flughafen ab. Sie wirkte müde und abgespannt, aber das war ja leider nichts Neues. Dunkle Schatten machten sich um ihre Augen herum bemerkbar. Sie hatte immer noch nicht gelernt, sich zu schonen und zu sich Sorge zu tragen. Es gab mir einen Stich ins Herz, sie so zu sehen. Im Taxi nach Suzhou schlief sie kurz nach der Abfahrt in meinen Armen ein.

In Suzhou brachte sie mich diesmal in einem kleinen aber sauberen Hotel namens Yachinge unter. Meine Liebste schlief sogleich weiter. Sie war von der Arbeit direkt in den Flughafen gefahren, um mich abzuholen und konnte sich erst jetzt ausruhen. Nachdem ich mich geduscht hatte, setzte ich mich neben sie aufs Bett und betrachte sie lange. Ihre Gesichtszüge blieben im Schlaf immer noch angespannt, wie ich es auch schon bei früheren Aufenthalten bemerkt hatte. Auch hier beschlich mich wieder das Gefühl der Hilflosigkeit und Lethargie, weil ich die meiste Zeit meines Lebens fernab von ihr verbrachte und nicht genügend Einfluss auf sie nehmen konnte. Ich wünschte mir eine Lösung für all diese Sorgen und Nöte. Doch wie sollte ich das bloss bewerkstelligen? Mein zunehmend depressives Verhalten wurde auch hier nicht besser.

Wie schon die letzten Male war meine Liebste vom täglichen Leben absorbiert. Die Kinder, das Geschäft, Aufenthalte beim Arzt wegen ihren oft unerträglichen Kopf- und Magenschmerzen liessen wieder wenig Spielraum für gemeinsame Stunden zu. Ich bummelte oft durch die Stadt, kaufte viel Tee ein, weil ich vorhatte, chinesischen Tee in der Schweiz zum Verkauf anzubieten und stellte mir deshalb ein Sortiment an bekannten chinesischen Teesorten zusammen: Bi Luo Chun welcher der lokale Tee war, Longjing aus Hangzhou, Tiekuanyin aus der Provinz Fujian, weisser und gelber Tee und natürlich für die Schweizer: Jasmin-Tee.

Nach einer Woche nahm ich für kurze Zeit Abschied von meiner Liebsten und reiste mit dem Zug weiter in die Provinz-Hauptstadt Nanjing. Da ich ja die 10. Chinesischen Spiele sehen wollte, versuchte ich nach meiner Ankunft in Nanjing so viele Informationen zum Anlass wie möglich zu erhalten. Wie immer für Ausländer die der chinesischen Zeichen nicht mächtig sind, gestaltete sich die Übung schwierig. Mit Durchfragen an verschieden Stellen gelang es mir schliesslich doch, Informationen zu erhalten, musste dann aber feststellen, dass ich zwei Tage zu früh in Nanjing angekommen war. Nachdem ich also nach all den Mühen Zuschauer-Tickets für 2 Tage bezogen hatte, bezog ich ein Hotel im Zentrum von Nanjing. Ich merkte bereits kurz nach dem Einzug, dass mein Hotel rege für die Prostitution gebraucht wurde und später sah ich auch warum: Beim Seiteneingang war ein Schild, welches die stundenweise Vermietung von Zimmern anpries. Vor einigen Jahren wäre dies in China noch unmöglich gewesen. Da es bereits Abend war, unternahm ich nicht mehr viel: Abendessen, Spaziergang und ab ins Bett.

Die nächsten zwei Tage investierte ich ins Sightseeing. Nanjing hatte als ehemalige Kaiserstadt und Hauptstadt der Republik China (1918 – 1948) auch Einiges an Sehenswürdigkeiten zu bieten. Ich besuchte unter anderem das Grab des Gründers des modernen Chinas Sun Zhongshan (bei uns bekannt als Dr. Sun Yat Sen) und das Grab des ersten Ming-Kaisers Zhu Yuanzhang, posthum bekannt unter der Regierungsdevise Hongwu (gewaltige militärische Macht). Auch in den schönen Xuanwu-Park mit seinem See im Zentrum von Nanjing investierte ich einen Nachmittag und war traurig, dass ich diesen Nachmittag an diesem romantischen Ort nicht mit meiner Liebsten und ihren Töchtern verbringen durfte. Um wenigstens ein wenig das Gefühl ihrer Nähe zu haben rief ich sie vom Park aus an und erzählte ihr von der Schönheit dieses Ortes.

In den folgenden zwei Tagen verfolgte ich Wettkämpfe der 10. Chinesischen Spiele. Von der Organisation und der Grösse des Anlasses her, bestand zu den Olympischen Spielen nur ein kleiner Unterschied. Dies wurde durch die Anwesenheit von IOC-Präsident Jacques Rogge noch untermalt. Ich besuchte Wettkämpfe, die man in unseren Breitengraden kaum im Fernsehen zu sehen bekommt: die Wettkämpfe der chinesischen Kampfkunst Wushu. Dieser Nationalsport soll, so wurde mir vor Ort mitgeteilt, auch im Rahmenprogramm der olympischen Spiele von 2008 in Beijing enthalten sein, sozusagen als Demonstrationssportart.

Die Zeit in Nanjing war eine willkommene Abwechslung für mich, denn sie lenkte mich ein wenig von meinen Sorgen und Nöten ab. Noch am späten Abend des zweiten Wettkampftags nahm ich den Zug zurück nach Suzhou, denn ich hatte Sehnsucht nach meiner Liebsten und schon bald musste ich ja wieder zurück in die Schweiz.

In Suzhou hatten wir gerade noch drei Tage zusammen, und auch die waren vom Stress und den gesundheitlichen Problemen meiner Liebsten geprägt. Am zweitletzten Abend war mein Aufenthalt vollständig ruiniert: Ich erhielt ein Anruf meiner Schwester aus der Schweiz, dass meine Mutter auf Mallorca im Koma liege. Sie habe sich während ihrer Ferien einer Notoperation unterziehen müssen und danach seien weitere Komplikationen aufgetreten. Das war der Hammerschlag, den ich eigentlich nicht gebraucht hätte. So war es letztlich ein unbefriedigender Abschluss meiner Reise und war sicher meiner depressiven Grundstimmung, die ich ja aus der Schweiz mitbrachte, nicht förderlich. Ich nahm frühmorgens meines letzten Ferientags Abschied von meiner Liebsten und fuhr mit dem Taxi von Suzhou zurück an den Flughafen von Shanghai Pudong. Fast hätte es für den Flug nicht mehr gereicht, denn wir standen über eine Stunde im Stau. Zum Glück rechnete ich immer etwas zusätzliche Zeit als Sicherheitspolster ein, so dass es doch noch knapp reichte und ich rechtzeitig mein Flugzeug zurück in die Schweiz besteigen konnte.

Schwere Zeiten

Ich blieb nur gerade drei Tage in der Schweiz. Sobald ich meine Stellvertretung im Büro neu organisiert hatte und ein Flugticket nach Mallorca gebucht hatte, reiste ich ans Krankenbett meiner Mutter. Ich reiste zusammen mit meiner jüngeren Schwester. Kurz vor unserer Ankunft erwachte meine Mutter aus dem künstlichen Koma. Doch als ich sie zum ersten Mal sah, erschrak ich. So schlecht hatte sie noch nie ausgesehen, nicht einmal nach der Krebsoperation und nach der anschliessenden Chemo- und Strahlentherapie. Was mich am meisten bedrückte: Sie hatte fast keinen Lebenswillen mehr und verwies mehr als einmal darauf, dass sie Mitglied bei Exit (eine Organisation für Sterbehilfe) sei und keine Lust habe länger zu leben.

Als ich mich von meiner Frau trennte, war meine Mutter sehr enttäuscht und weinte bittere Tränen. Sie wusste von meiner Frau, dass es eine neue Frau in meinem Leben gab, doch ich hatte nie mit ihr darüber gesprochen, weil ich damit warten wollte, bis ich und meine Liebste uns darüber klar waren, wie unsere Zukunft aussehen sollte. Doch als ich sah, wie der Zustand meiner Mutter war, fand ich, dass es Zeit war zu handeln. Ich erzählte ihr von meiner Liebsten und ihren Töchtern und zeigte ihr einige Fotos von ihnen. Schliesslich sagte ihr, dass wenn ich ihr eines Tages meine Liebste vorstellen wolle, sie sich jetzt zusammenreissen müsse. Sonst würde sie mich wahrscheinlich nie mehr glücklich sehen können.

Wahrscheinlich lag es an daran, dass fast alle von der Familie an ihr Krankenbett geeilt waren, um ihr Kraft zu geben, dass es ihr bald besser ging. Aber vielleicht hat mein „Coming out" auch etwas dazu beigetragen.

Ich reiste nach fünf Tagen zurück in die Schweiz. Meine Mutter wurde in der darauf folgenden Woche zurück in die Schweiz gebracht. Nach drei weiteren Wochen Spitalaufenthalt durfte sie schliesslich nach Hause zurückkehren.

Zurück in der Schweiz liess ich mich noch mehr gehen als vor meiner Reise nach China und dem Abstecher nach Mallorca Die Post öffnete ich weiterhin nicht, ich verschlampte Zahlungen und auch mit dem Aufräumen und putzen der Wohnung nahm ich es nicht mehr so genau. Ich versank in Lethargie und Selbstmitleid. So ging es Woche für Woche, Monat für Monat.

Auch auf der Arbeit wurde es schlimmer. Mein Teilprojekt wurde endgültig auf Eis gelegt und

Entscheide für ein Nachfolgeszenario wurden im Monatsrhythmus verschoben. Es war zum Verzweifeln: Zwei meiner drei letzten Arbeitgeber sind in Konkurs gegangen, beim letzten klappte es mit dem neuen Chef nicht, dem ich nach drei Monaten zugeteilt wurde (Reorganisation) und nun das. Meine Firma war neu in dieser Branche Gesundheitswesen und das merkte man in solchen Situationen vermehrt, da die Reaktionen des Managements atypisch waren. Irgendwie schien sich Alles gegen mich verschworen zu haben.

Einziges Licht in diesen dunklen Stunden war mein Sohn. Wenn er die Wochenenden bei mir verbrachte verbesserte sich meine Stimmung zusehends. Wir unternahmen viel zusammen, gingen ins Kino, besuchten meine Eltern oder besuchten Museen. Wenn wir nichts unternahmen, blieben wir bei mir zu Hause und schauten uns zusammen einen DVD-Film an. Doch leider musste ich ihn jeden Sonntagabend zu seiner Mutter zurückbringen.

So kamen und gingen die Tage, dann Wochen und schliesslich Monate ohne dass sich etwas änderte. Ich versank immer mehr in meinem Sumpf, aus dem ich mich nicht mehr freikämpfen mochte. Auch die Situation mit meiner Frau sollte endlich definitiv geklärt werden. Wir waren zwar gerichtlich getrennt, doch seither fehlte mir die Energie die Scheidung in die Wege zu leiten. Es fehlten mir hierzu schlicht die Kraft und der Willen. Schliesslich flatterte als letzte Warnung eine Betreibung ins Haus. Nun wusste ich, so durfte ich mich nicht mehr weiter gehen lassen. Ich musste etwas unternehmen. Als ich die Betreibungsgeschichte geregelt hatte, war meine Energie fürs Erste verpufft. Doch ich wusste, dass ich jetzt nicht wieder ins alte Fahrwasser zurückfallen durfte. Ich begann mich über Institutionen zu informieren, die mir in meiner Situation möglicherweise helfen könnten.

Schliesslich wurde ich durch Zufall bei meinem eigenen Arbeitgeber fündig. Mein Arbeitgeber war einer der grössten Arbeitgeber der Schweiz und in mehrere Gesellschaften gegliedert. Ich arbeitete in einer Tochtergesellschaft der Gruppe. Mein Arbeitgeber unterhielt für seine Mitarbeiter einen eigenen Sozialdienst, was sich für meine Situation als ideal herausstellte.

Der Sozialdienst unterstützte mich dabei, meine finanzielle Situation langsam wieder in den Griff zu kriegen. Ich hatte, bedingt durch die Trennung, Steuerschulden angesammelt, die ich nun abzustottern hatte. Viele meiner anderen finanziellen Verpflichtungen lernte ich mit Daueraufträgen bei meiner Bank zu regeln und auch die Scheidung von meiner Frau konnte ich dank Unterstützung des Sozialdiensts endlich in Angriff nehmen.

Daneben war es längstens wieder Zeit, endlich wieder meine Liebste zu sehen. Das Flugticket habe ich mir noch besorgt, bevor ich mit dem Sozialdienst die Aufarbeitung meiner Steuerschulden anging, so dass die Anschaffung des Tickets bei der Schuldentilgung kein Thema mehr war. Im April war es schliesslich soweit.

Zürich - Moskau - Suzhou

Ich hatte, um ein möglichst billiges Flugticket zu erhalten, diesmal den Flug bei Aeroflot gebucht. Der Vorteil war, dass ich nicht wie die letzten Male über Frankfurt flog, was jeweils eine vierstündige Zugfahrt voraussetzte, sondern von Zürich aus fliegen konnte, was für mich nur eine einstündige Bahnfahrt ergab. Der erste Nachteil stellte sich im Flughafen Sheremetyevo heraus: Zeitzonen-bereinigt hatte ich eine Wartezeit von 10 Stunden für meinen Anschlussflug nach Shanghai. Der zweite Nachteil war das Flugzeug ab Moskau: Die Iljuschin die wir flogen, war einfach unter allen Standards die ich bisher kannte, nicht einmal Air China in den frühen neunziger Jahren bot solch schlechten Standard. Der dritte Nachteil stellte sich beim Öffnen des Koffers heraus: Dinge sind aus meinem Koffer gestohlen worden, unter anderem ein Geschenk für meine Liebste, weshalb diese Reise mit negativem Beigeschmack begann. Eines war jedenfalls sicher: Mit einer russischen Airline über Russland würde ich jedenfalls nie mehr fliegen.

Am Flughafen musste ich über eine Stunde auf meine Liebste warten, da sie längere Zeit im Stau stecken geblieben war. Als sie schliesslich ankam, sah ich sie bereits von weitem.

Wie ich mit etwas Traurigkeit feststellte, waren ihre Schatten unter den Augen und ihre Angespanntheit noch stärker geworden. Sie hatte sich also nicht geschont.

Diesmal wohnte ich im My Hotel, einem kleinen Hotel auf 3 Stockwerken in der Shiquan Jie. Die Zimmer waren sauber und modern und praktisch eingerichtet. So hatte ich einen Ethernet-Anschluss auf dem Zimmer und konnte meine Emails auch in China mit meinem Laptop abrufen. Die moderne Welt ist vernetzt, nun also auch in Suzhou.

Ich dachte, ich hätte diesmal Glück gehabt mit dem Wetter. Bei meiner Ankunft herrschten 25 Grad und auch der zweite Tag war sonnig. Doch dann begann die Regenzeit und deshalb hatte ich kaum mehr Lust ein Sight-Seeing-Programm abzuspulen. Ausser Besuchen im Garten des Meisters der Netze, dem Canglangting-Pavillon und dem Antiquitäten-Markt unternahm ich sonst keine Ausflüge.

Ich widmete diesen Aufenthalt vor allem dem Einkaufen von qualitativ guten Teesorten und dem Kauf von DVD-Filmen. Dies war nämlich gar nicht mehr einfach. Weil die USA ja schon seit Längerem auf bessere Raubkopier-Kontrollen in China drückten, hatten die DVD-Läden meist geschlossen und machten einfach irgendwann während des

Tages ohne Vorankündigung während einer Stunde auf. Entweder hatte man Glück und der Laden war gerade geöffnet oder man hatte Pech, was meistens der Fall war. Da gerade wieder Verhandlungen zwischen den USA und China im Gange waren, wurden von der chinesischen Regierung vermehrt Kontrollen durchgeführt. Dass einige der Läden durchaus legales Zeug im Angebot hatten, spielte eigentlich keine Rolle, die Läden waren durchwegs zu.

Beim Tee hatte ich inzwischen eine gute Beziehung zu einem Teeladen in der Shiquan Jie aufgebaut. Die Verkäuferin kannte mich noch von den letzten Reisen und sie gab mir inzwischen ganz gute Rabatte, weshalb ich mich auch auf meinen zukünftigen Reisen bei ihr mit frischem Tee aufdotieren werde.

Meine Liebste hatte dieses Mal etwas mehr Zeit für mich, was einerseits gut für unsere Beziehung war, andererseits hatten wir öfters Mal kleinere Missverständnisse, was zwar nicht zu Streit führte, aber doch nicht ganz befriedigend war. Auch hatte sie wieder zwei Spitalaufenthalte, wegen anhaltender Kopfschmerzen, was meine Sorgen nicht kleiner werden liess. Ansonsten freute ich mich, dass ich ihre beiden Töchter sehen konnte, die mit jedem Mal hübscher wurden. Die beiden Mädchen waren eineinhalb Jahre jünger als mein

Sohn, waren jedoch schon sehr selbständig und sie wirkten reif für ihr Alter. Ich hatte die Beiden jedenfalls schon in mein Herz geschlossen und konnte mir sehr gut vorstellen, mit ihnen Beiden und meiner Liebsten eine Familie zu gründen. Ehrlich gesagt: Ich wünschte mir nichts mehr als das, doch bis dahin gab und gibt es noch viele Hindernisse, die ich selbst aus dem Weg schaffen musste.

Auch dieses Mal kam der Abschied schneller als ich es gewünscht hatte. Vieles, die Zukunft betreffend hätte ich gerne noch mit meiner Liebsten besprochen, doch die Zeit reichte einfach nicht. Beim Abschied sagte mir meine Liebste, dass sie nicht mehr möchte, dass ich nach Suzhou komme. Geschockt fragte ich ob sie mich denn nicht mehr lieben würde. Sie sagte, doch sie liebe mich, doch sie habe jedes Mal ein schlechtes Gewissen, weil sie so wenig Zeit für mich habe und sich nicht genug um mich kümmern könne, so wie sie das eigentlich sollte. Ich antwortete ihr, dass sie so etwas nie mehr sagen dürfe, wenn sie mich wirklich liebe. Ich kündigte ihr auch an, dass ich ihr von zu Hause einen Brief schreiben würde, in dem ich ihr meine Vorstellung unserer gemeinsamen Zukunft schildern würde.

Nachdem ich von ihr Abschied genommen hatte, fuhr ich mit dem Taxi nach Shanghai zum Flughafen. Nachdem ich beim letzten Aufenthalt fast meinen Rückflug verpasste hatte, plante ich dieses Mal zusätzliche Reservezeit ein. Unnötig wie sich herausstellte. So schnell wie dieses Mal bin ich noch nie zum Flughafen gefahren worden. Nach einem längeren Flughafen-Aufenthalt bestieg ich schliesslich die Maschine, die mich zurück Richtung Heimat flog.

Erwachen

Was ich bereits zaghaft vor meiner Reise nach Suzhou begonnen hatte, begann ich nach meiner Rückkehr intensiver fortzusetzen.

Ich versuchte weiterhin gegen meine depressive Lethargie anzukämpfen und versuchte auch, mein Leben wieder finanziell in den Griff zu kriegen. Das war einfacher gesagt als getan. Vor allem meine Steuerschulden machten es mir doch schwer, wieder zuversichtlicher zu werden. Gemeinsam mit dem Sozialdienst meiner Firma konnte ich jedoch immerhin einen Grundstein legen, auf dessen Basis ich meine finanzielle Gesundung in die Wege leiten konnte. Wichtige regelmässige Verpflichtungen versuchte ich mit Daueraufträgen über meine Bank zu lösen. Mein mittelfristiges Ziel, dass ich dabei verfolgte, war möglichst viele meiner Zahlungsverpflichtungen zu automatisieren, so dass ich nicht wieder in die finanzielle Enge getrieben würde, sollte ich das nächste Mal in ein Loch fallen.

An der Scheidungsvereinbarung arbeiteten wir ebenfalls. Es waren manchmal schmerzhafte Sitzungen und ich hatte manchmal das Gefühl, dass jedes Mal, wenn die Verhandlung um Geld ging, meine Frau zu weinen anfing, um beim Mediator etwas Mitleid zu erheischen. Mir war schon lange nicht mehr nach weinen zumute, meine letzten Tränen hatte ich vergossen, als ich noch zu Hause wohnte. Aber ich hatte beschlossen, nicht mehr in jedem Fall nachzugeben, denn nicht nur meine Frau wollte nach der Scheidung wieder heiraten, auch ich wollte mir die Option, wieder eine Familie zu gründen, finanziell auch leisten können.

Kurz nach meiner Rückkehr schrieb ich auch den angekündigten Brief an meine Liebste. Ich schilderte ihr darin, wie ich mir eine gemeinsame Zukunft vorstellen könnte und wir in der Schweiz ein angenehmeres Leben führen könnten, als es jetzt für sie und die Kinder in Suzhou der Fall ist. Ich bat sie eindringlich darüber nachzudenken, weil wir wohl nicht ewig so weitermachen könnten und stellte ihr die Frage: Hat denn eine Liebe, die sich auf zwei gemeinsame Wochen pro Jahr beschränkt überhaupt eine Zukunft? Ich kündigte an, dass ich im Oktober wenn ich das nächste Mal nach Suzhou gehen würde, eine Lösung anstreben möchte.

Finanziell musste ich nun unten durch. Ich hatte mich verpflichtet, meine Steuerschulden in monatlichen Raten abzustottern. Nun kam es öfters vor, dass ich mein Konto in den letzten Tagen bevor der neue Lohn eintraf, überzog. Ein Umstand, der mir früher nie passiert wäre. Doch, wenn ich wieder finanziell auf festen Füssen stehen wollte, musste ich da jetzt durch.

Ich begann, mich wirklich aus der dunklen Tiefe der Depression zu kämpfen. Auch wenn es auf der Arbeit schlecht lief, musste ich ja nicht auch nach in meiner Freizeit dauernd Trübsal blasen. Und wie sollte ich jemals wieder eine Familie gründen, wenn ich mich nicht einmal mehr um mich selbst kümmerte? Im Sommer begann deshalb ich wieder vermehrt Sport zu treiben. Am Anfang war es recht schwer, denn mein Körper hatte sich an die Bequemlichkeiten der letzten Jahre gewöhnt und war träge und dick geworden. Deshalb war ich nach meinen Läufen dem Aareufer entlang auch entsprechend ausgelaugt. Doch schon nach wenigen Wochen, fühlte ich, wie meine Kondition langsam zurückkehrte und ich begann an Gewicht abzunehmen. Schaffte ich am Anfang gerade mal 4 Kilometer am Stück, waren es zwei Monate später bereits 10 Kilometer und das bis zu dreimal pro Woche. Die körperliche Stärke bewirkte bei mir zunehmend auch ein Gefühl der psychischen Stärke. Es gab mir so etwas wie ein Lebensgefühl und Zuversicht zurück.

Ein anderer wichtiger Termin stand ebenfalls an: der Gerichtstermin. Da wir uns in vielen Sitzungen auf eine Scheidungsvereinbarung geeinigt hatten, war die Sitzung vor Gericht nur noch eine

Formsache. Nach der Sitzung galten wir als geschieden, allerdings sah das Gesetz vor, dass noch eine 60-tägige Bedenkfrist abgewartet werden musste, bevor das Scheidungsurteil in Rechtskraft gesetzt würde. Aber eine wichtige, einschneidende Etappe in meinem Leben war jetzt zurückgelegt und ich konnte wieder damit beginnen, an die Zukunft zu denken.

Diese konnte ich bald schon wieder aktiv angehen, denn meine nächste China-Reise stand kurz bevor.

Von Beijing über Zhengzhou und Shanghai nach Suzhou

Diesmal reiste ich mit einem Freund nach Suzhou. Bevor wir dort ankamen, reisten wir jedoch noch ein wenig durch China. Wir bereisten die Hauptstadt Chinas, Beijing und besuchten unter anderem auch das weltberühmte Shaolin-Kloster. Danach ging es weiter nach Shanghai.

Shanghai

In Shanghai selbst hatten wir ein eher spezielles Erlebnis, welches aus meiner persönlichen Sicht einmal mehr die Schattenseiten des ungehemmten Kapitalismus offenbarte, der sich in Shanghai des Öftern von seiner obszönsten Seite zeigt.

Wir wollten uns nach dem Abendessen noch ein kühles Bier genehmigen und betraten eine Bar in der Nähe der Nanjing Lu, der wichtigsten Einkaufsmeile Shanghais. Eigentlich hätten wir schon beim Betreten der Bar misstrauisch werden sollen. Die Bar war ziemlich leer, doch in Reih und Glied stand eine ganze Armada von jungen Damen am Tresen, alle in einem traditionellen „Qipao" gekleidet.

Wir setzten uns an einen der leeren Tische und bestellten je ein Beer. Bereits kurz darauf setzten sich zwei der jungen Damen neben uns und begannen sich mit eindeutigen Gesten an uns heranzumachen. Wir erklärten mehrmals, dass wir das nicht wollten und als sich die Mädchen mehrere Drinks bestellten, erklärten wir ebenfalls, dass wir diese Drinks nicht bestellt hätten, kein Okay dafür gegeben hätten und diese auch nicht bezahlen würden. Wir wurden beschwichtigt, dass dies kein Problem sei. Für uns jedoch war es eines und deshalb tranken wir unser Bier aus und verlangten die Rechnung. Der Manager kam sofort und erklärte uns auf Englisch wie sich diese zusammensetze. Wir hätten einen Tisch gemietet und die Minimum-Konsumation betrüge mit der Tischmiete zusammen 2600 RMB, zahlbar in Cash oder mit Kreditkarte. Nach unserer ersten Empörung betonten wir, dass wir lediglich für die Biere aufkommen würden, worauf wir unterschwellig bedroht wurden („This is China, I can find you everywhere"). Nach einigen hitzigen Wortgefechten schmissen wir das Geld für die zwei Biere auf den Tisch und erhoben uns um das Lokal zu verlassen. Zwei Männer versuchten uns aufzuhalten. Wir stiessen sie beiseite, worauf niemand von den fünf anwesenden Männern mehr Anstalten machte, uns aufzuhalten.

In Shanghai liessen wir das Biertrinken nach dem Abendessen daraufhin sein.

Wenn ich die Entwicklung von Shanghai seit meiner ersten Chinareise im Jahr 1989 betrachte, ist die Stadt grosskotzig, überheblich, kalt und arrogant geworden. Andere nennen es die „hippste" Grossstadt der Welt. Ich war jedenfalls froh, dass wir schon bald nach Suzhou weiterreisten.

Zurück in Suzhou

Von Shanghai aus nahmen wir den Zug nach Suzhou. Von unterwegs rief ich meine Liebste an, um Ihr die Zeit unserer Ankunft mitzuteilen. Als sie am Bahnhof nicht auf uns wartete, rief ich sie wieder an. Sie sagte, dass sie nicht kommen könnte und wir selbständig ins Hotel fahren sollten. Ich war etwas verärgert. Normalerweise habe ich meine Gefühle gut im Griff, diesmal liess mich jedoch sogar auf einen lautstarken Streit mit einem Taxifahrer ein, von dem ich mich kurz darauf belästigt fühlte.

Im Hotel, wir entschieden uns für das „My Hotel" wie bei meinem letzten Besuch, bezogen wir anschliessend unsere Zimmer. Als ich alleine war, nutzte ich die Zeit um mich zu waschen und ein wenig auszuruhen. Schliesslich kam sie. Als ich sie endlich in meinen Armen hielt, war mein Ärger sofort verflogen. Ich wünschte, ich könnte jeden Tag mit Ihr zusammen sein, doch innerlich wusste ich, dass dies zumindest in den nächsten Jahren noch nicht möglich sein würde. Es war schon zum Verzweifeln.

Ich war glücklich, sie endlich wieder zu sehen und doch bedrückt. Ich sah, dass es ihr nicht besser ging als das letzte Mal. Wenn ich die rosarote Brille abnahm, musste ich mir eingestehen, dass sie in den 4 Jahren seit ich sie zum ersten Mal getroffen hatte, enorm abgebaut hatte. Ihr immer noch schönes Gesicht wirkte eingefallen und die Schatten unter den Augen sind noch dunkler geworden. Doch sie war nach wie vor nicht bereit, ihr Leben der Gesundheit zuliebe zu ändern. Ich wusste, dass sowohl ihre Eltern wie auch ihre Schwester und ihr Bruder finanziell von ihr abhingen, dazu hatte sie ja ihre beiden Töchter. Diese Aufopferung fand ich einerseits löblich, andererseits machte ich mir natürlich Sorgen. Wie lange konnte sie noch so weiterfahren?

Ich genoss die Momente, die wir zusammen verbrachten. Doch einmal hatten wir heftigen Streit. Es passierte an einem Abend in ihrer Bar, als sie sich mit einigen ihrer Kunden betrank. Ich mochte es nicht, wenn sie sich betrank, zumal sie ja

Gallensteine hatte. Ich versuchte sie davon abzuhalten, aber sie hörte nicht auf mich. Als eher dümmliche Trotzreaktion begann auch ich mich zu betrinken. Nachdem ich mehrere Whiskys in mich hineingeschüttet hatte, war auch ich betrunken, doch leider im Kopf immer noch klar. Und so begannen wir uns zu streiten. Ich versuchte ihr klar zu machen, dass es mich manchmal fertig macht, zu sehen wie sie ihre Gesundheit ruiniert. Ich wusste, dass gerade Trinken zur Kultur der neokapitalistischen Ära gehörte und sie dem in der Bar noch mehr ausgeliefert war. Trotzdem wollte ich, dass sie ihrer Gesundheit wegen, etwas mehr Selbstdisziplin an den Tag legte. Sie sagte mir, dass sie leider zwei Leben führen müsse, das private Leben und das in der Bar, und zur Bar gehöre auch der Alkohol. Dies befriedigte mich keineswegs. Der Streit endete an diesem Punkt und ich kehrte in mein Zimmer zurück, unbefriedigt und frustriert. Wieso verstand sie mich nicht?

Meine Laune besserte sich wieder, als ich die beiden Tage vor meiner Abreise mit ihr und ihren Töchtern verbringen konnte. Ich mochte die beiden Mädchen sehr. Inzwischen wirkten sie sehr vertraut auf mich und ich hatte das Gefühl, dass sie auch Freude hatten mich zu sehen. Am zweiten Tag war ich alleine mit den beiden Mädchen unterwegs. Ich wusste, dass die Jüngere der Beiden sich schon lange ein Fahrrad wünschte. Und so verwunderte es mich nicht, dass sie mich mit treuherzigen Augen anschaute, als wir an einem Fahrradgeschäft vorbei kamen. „Onkel, ich wünsche mir schon lange ein Fahrrad", sagte sie und lächelte scheu. Wie konnte ich da „nein" sagen? Also betraten wir das Geschäft und suchten ein Fahrrad für sie aus. Nachdem ich bezahlt hatte und wir gerade dabei waren das Geschäft zu verlassen, fühlte ich ein Zupfen an meiner Jacke. Die ältere Tochter schaute mich scheu an und stammelte „Onkel, ich wünsche mir auch eins". So suchten wir uns auch für sie ein Fahrrad aus. Mit zwei glücklichen Mädchen machte ich mich auf den Heimweg.

Es war auch der Abend des Abschieds. Nach einer langen Nacht in der Bar, kehrten meine Liebste und ich auf mein Zimmer ins Hotel zurück. Dort führten wir ein langes Gespräch über unsere Beziehung und über unsere Zukunft. Vor einigen Tagen hatte mir meine Liebste gesagt, dass sie die Bar ungefähr noch drei Jahre weiterführen möchte, dann habe sie genug Geld auf die Seite gelegt. Nun war es an mir zu sagen, dass ich so keine drei Jahre mehr aushalten würde. Ich erzählte ihr von dem Tag an dem ich sie zum ersten Mal traf, dass ich wusste, welcher Arbeit sie nachging, mir dies aber nichts ausmachte, weil ich wusste, dass sie ein guter Mensch war und weil ich sie wirklich liebte. Ich erzählte ihr davon, dass ich glücklich war, als sie aufhörte in den Bars zu arbeiten und davon, dass es mir wehtat, als sie mir sagte, dass sie eine Bar kaufen möchte und mich um Geld fragte (ich gab ihr das Geld trotzdem, weil ich wollte dass es ihr wirtschaftlich besser ging). Ich sagte ihr, dass es mir jedes Mal schwerer fiel, ihre primitiven Gäste zu sehen, die es nicht lassen konnten, sie zu betatschen und mich dabei ruhig zu verhalten, weil dies halt einfach die Nebenerscheinung ihres „Business" sei. Keinesfalls könnte ich dies noch drei Jahre durchstehen. Meine Scheidung sei jetzt über die Bühne gegangen und jetzt könnten wir beginnen, die gemeinsame Zukunft zu planen. Sie antwortete mir, in dem sie von ihrem Leben in Armut erzählte. Wie hart ihr Leben war, als ihr damaliger Mann sie mit den Zwillingen alleine liess, als klar war, dass es keine Jungen sind. Sie selbst möge das Leben in der Bar nicht, doch immerhin habe sie sich etwas Wohlstand erkämpft. Ihre Eltern, ihre Schwester und ihr Bruder würden von ihr unterstützt, ganz zu schweigen vom Schulgeld für ihre Töchter und den Bankzinsen für ihre Wohnung. Sie wollte von mir wissen, was ich mir denn vorstellen würde. Ich sagte ihr, dass ich mir wünschen würde, dass sie bereits im nächsten Jahr zu mir in die Schweiz kommen würde, doch mir selbst sei bewusst, dass dies noch nicht möglich sei, da mich die Scheidung finanziell ziemlich ausgeblutet hatte. Doch spätestens im übernächsten Jahr müssten wir den Schritt in die gemeinsame Zukunft wagen. Bis dahin würde ich Geld sparen (die Alimente an meine Ex-Frau sollten bald wegfallen), damit ich dann gut für sie und ihre Töchter sorgen könne. Sie überlegte kurz. Dann sagte sie, dass sie versuchen werde, im nächsten Jahr für ein, zwei Wochen in die Schweiz zu kommen um zu schauen, wie das Leben da sei. Ich fand die Idee gut. Wir einigten uns auf den Kompromiss, dass wir im übernächsten Jahr den Schritt in die gemeinsame Zukunft wagen würden.

Der Abschied von meiner Liebsten fiel mir wiederum schwer. Ich wusste, ihr Leben würde im selben Stil weitergehen, sie würde weiter bis zur Erschöpfung arbeiten und ihre gesundheitlichen Probleme würden nicht besser werden. Doch es gab keine besseren Optionen. Ich hatte meine Verantwortung gegenüber meinem Sohn und Verpflichtungen in meiner Heimat ebenso wie sie die ihren hier in Suzhou. Trotzdem war ich traurig.

Auch mein Freund nahm Abschied. Er hatte sich in den letzten Tagen mit „Skinnie" angefreundet. Ihr fiel der Abschied von meinem Freund ebenfalls schwer.

Wir fuhren mit dem Taxi zum Flughafen nach Shanghai. Mit dem Chauffeur war ich schon einige Male diese Strecke gefahren. Dieses Mal sah es so aus, als würden wir den Flughafen nicht mehr erreichen, denn unterwegs hatten wir eine

Motorpanne. Mit viel Glück fanden wir per Autostopp auf der Autobahn ein anderes Taxi, welches uns dann doch noch rechtzeitig zum Flughafen brachte.

Als ich im Flugzeug zurück in die Schweiz sass, dachte ich mit Wehmut an die vergangenen Tage. Mein Herz blieb in Suzhou zurück.

Perspektiven?

Am nächsten Morgen nahm ich meine Arbeit wieder auf. Leider bewies meine Firma einmal mehr, dass sie nicht fähig war, wichtige Entscheide zu fällen. Dies war umso enttäuschender, weil dies die Konsequenz zur Folge hatte, dass wir nichts mehr zu tun hatten. Ich kam also Tag für Tag ins Büro und sass meine Zeit ab, ohne etwas Sinnvolles zu tun. Dies war für mich absolut unverständlich und demotivierend. Ich sass also den ganzen Tag da und starrte in den Bildschirm. Meistens surfte ich dann etwas im Internet und informierte mich vor allem über das Tagesgeschehen auf Homepages verschiedener Tageszeitungen. Doch meine Laune verschlechterte sich zusehends. Da konnte auch die vorübergehende Ablenkung durch einen internen Kurs nichts ändern. Sobald der Kurs fertig war, ging es im gleichen Trott weiter.

Die Situation belastete mich zusehends. Wie sollte es weitergehen? Musste ich bald wieder die Arbeit wechseln? Würde ich arbeitslos werden, wie ich das vor drei Jahren schon einmal gewesen bin?

Irgendwann beschloss ich, nichts von mir aus zu unternehmen. Ich gönnte mir längere Pausen während der Arbeit, machte lange Mittage und „arbeitete" öfters mal von zu Hause aus, was mit unseren mobilen Arbeitsplätzen ja möglich war. Ich bereitete mich darauf vor, dass ich irgendwann informiert werden würde, dass die Abteilung und somit mein Job aufgehoben werden würde. Ich merkte, dass ich es innerlich sogar darauf anlegte, denn die Sozialleistungen meines Arbeitgebers waren nicht schlecht. Sollten sie meine Stelle doch abbauen, ich würde dann die Sozialleistungen ausreizen.

Noch war es aber nicht soweit, ich musste mich weiter durchquälen. Das „Management" befand sich im üblichen Fahrwasser, in dem es Mitarbeiterinformationen ankündigte und jedes Mal wieder verschob. Es war schlicht zum Davonlaufen.

Wenigstens etwas konnte ich in dieser Zeit definitiv abschliessen: An einem grauen Dezembertag fand ich ein Schreiben des Familiengerichts im Briefkasten, in dem mitgeteilt wurde, dass meine Scheidung nun rechtskräftig sei. Wenigstens diese Belastung würde nun wegfallen und ich hoffte, dass dies in Bälde auch finanzielle Auswirkungen haben würde. Meine Ex-Frau hatte nämlich die Absicht geäussert, ihren neuen Lebenspartner in Kürze zu heiraten. Dies wären für mich gute Nachrichten, weil so die Alimentenzahlungen an sie wegfallen würden. Ich könnte wieder leben, könnte sparen und so wieder eine rosigere Zukunft planen. Aber bis dahin musste ich mich noch durchbeissen und haushälterisch umgehen, mit dem was ich hatte.

Mein Problem war, ich schlitterte wieder in eine depressive Phase hinein und das wurde mir allmählich bewusst. Und doch war ich nicht fähig, etwas dagegen zu unternehmen.

Das Problem war auch: Ich fühlte mich einsam. Mir fehlte die Umarmung, die körperliche Nähe der Frau, die ich liebte. Wir sprachen zwar im Durchschnitt zweimal pro Woche am Telefon miteinander, doch konnte dies die körperlichen Gefühle, die Sehnsucht, die Geborgenheit nicht ersetzen. Ich weiss nicht, wie andere Menschen mit Einsamkeit umgehen. Bei mir verhielt es sich so, dass ich mich immer mehr in mich selbst zurückzog, mich einigelte. Ich begab mich zwar ab und zu am Abend in Bars um ein Bier zu trinken, aber wenn ich niemanden traf, den ich kannte, zog ich mich schnell wieder nach Hause zurück. Das Einzige was stetig stieg, war mein Bierkonsum. Trank ich noch vor wenigen Jahren höchstens am Wochenende ein Glas Wein, so hatte sich mein Alkoholkonsum seither vervielfacht. Wenigstens war ich noch vernünftig genug, Nie mehr als drei Bier pro Tag zu trinken, doch meinem Bauch sah man den Konsum trotzdem an.

Ich war immer schon eher ein introvertierter und verschlossener Typ, doch als es mir privat wie beruflich gut ging, fiel dies nicht weiter ins Gewicht. Doch seit der Trennung von meiner Ex-Frau, den damit verbundenen finanziellen Schwierigkeiten und den Schwierigkeiten im Beruf befand ich mich in einer Abwärtsspirale aus der ich einfach nicht mehr herauskam. Zwar ging es mir mal besser, dann aber eben auch wieder schlechter. Das zeigte sich seit meiner Rückkehr aus den Ferien auch in vermehrter Antriebslosigkeit. Ich blieb öfter mal zu Hause. In der Firma wurde dies nicht einmal bemerkt. Wie auch, war doch bei fast allen Arbeitskollegen ein ähnlicher Schlendrian eingezogen. Hätte ich doch meine Liebste bei mir gehabt, sie wäre mir sicher die moralische Stütze gewesen, die ich dringend benötigte!

Ich wusste, lange würde ich so nicht mehr weitermachen können, irgendwann müsste ich mich dann den Tatsachen stellen und mich in psychiatrische Behandlung begeben. Die Frage war nur: gibt es vorher einen Rettungsanker? Und wenn nicht? Wann ist der Zeitpunkt, oder würde ich ihn verpassen?

Aus und vorbei?

Seit ich wieder zu Hause war, hatte ich regelmässigen telefonischen Kontakt mit meiner Liebsten. Wir sprachen über alltägliche Dinge, aber auch über unsere Beziehung und die Möglichkeit, dass sie mich im nächsten Jahr besuchen würde, um herauszufinden wie das Leben hier bei mir wäre. Ich fand es entwickelte sich alles gut, bis eines Tages eine Veränderung eintrat.

Ich merkte schon zu Beginn unseres Gesprächs, dass Ihre Stimmung nicht die gleiche war, wie bei unseren sonstigen Gesprächen. Zuerst beunruhigte mich das nicht weiter, doch als sich das Gespräch um unsere Beziehung zu drehen begann, sagte sie plötzlich ich solle mir doch besser eine Frau aus der Schweiz suchen, dann hätte ich es doch viel einfacher. Ich erschrak, stammelte, dass ich das schon wüsste, ich aber nicht den einfachen Weg gehen wollte, weil ich sie liebte. Für mich käme das nicht in Frage. Sie erwiderte mir, dass ich doch viel traurig und alleine zu Hause sei, dies würde dann ein Ende haben. Sie hatte mich wirklich auf dem falschen Fuss erwischt. Ich wiederholte meine Liebesschwüre noch mehrmals, aber sie liess sich nicht davon abbringen. Schliesslich rückte sie mit dem wahren Grund heraus: Ihre Mutter war nach Suzhou gekommen und hatte durch ihre Töchter von der Beziehung mit mir erfahren. Nun bedrängte sie ihre Tochter, die Beziehung mit dem Ausländer (in China gibt es auch das Wort Guilau „fremder Teufel") zu beenden. Das Gespräch endete abrupt, weil Gäste die Bar betraten. Am nächsten Tag rief ich sie wiederum an. Da sie jedoch Gäste hatte, endete auch dieses Gespräch schnell. Ich versuchte später nochmals sie zu erreichen, doch das Mädchen welches das Telefon in der Bar entgegennahm sagte mir, dass sie mit Gästen im 2. Stock am Trinken sei. Ich bat sie, ihr auszurichten, dass sie mich zurückrufen soll, sobald sie Zeit habe.

Ich machte mir ernsthaft Sorgen. Denn obwohl immer mehr die Moderne in China Einzug hielt, fielen die Chinesen in gewissen Dingen sogar hinter die fortschrittlichen Familienstrukturen des kommunistischen Chinas zurück. So war es durchaus üblich, dass die Eltern nur Beziehungen akzeptierten, die ihnen genehm waren. Auch war es mancherorts immer noch üblich den Eltern Geld zu geben, wenn man die Tochter ehelichen wollte. Bis zu diesem Punkt schien ich aber gar nie zu kommen, denn die Mutter akzeptierte mich nicht und bearbeitete die Tochter dementsprechend.

Meine Gefühle hatte ich von da an nur schwer unter Kontrolle. Es konnte passieren, dass ich nach Feierabend auf der Strasse fühlte, wie mir die Tränen in die Augen stiegen und ich ein Weinen

114

nur mit Mühe unterdrücken konnte. Ich befürchtete an einem Scheideweg angelangt zu sein. Es durfte doch nicht sein! Ich liebte sie doch! Für sie hatte ich meine Familie aufgegeben. Ich fühlte mich schlecht. Die Abende verbrachte ich mit Fernsehen und ging ab und zu aus dem Haus um an irgend einer Bar noch ein, zwei Biere zu trinken.

Ich versuchte täglich meine Liebste zu erreichen, doch irgendwie hatte sich alles gegen mich verschworen. Einmal war sie nicht in der Bar, ein anderes Mal war sie mit Gästen am Trinken, wieder ein anderes Mal hatte sie ihr Handy zu Hause gelassen und ihre Tochter nahm das Telefongespräch entgegen. Meine Bitten um Rückruf wurden entweder nicht weitergegeben, oder sie wollte sich dem Gespräch nicht stellen. Ich wusste weder ein noch aus.

Es kam das Wochenende. Da Freitag und Samstag die wichtigsten Umsatztage in der Bar waren, beschloss ich, mich bis Sonntag zurückzuhalten. Ein Gespräch an einem dieser beiden Tage würde sowieso nichts bringen.

Es wurde schliesslich Montag, bis ich sie erreichte. Ich erzählte ihr am Telefon wie sehr ich sie liebte und bat sie inständig, unsere Beziehung zu bewahren. Ich sagte ihr, dass ich in Zukunft mehr Geduld an den Tag legen würde und sie nicht mehr zu einer Entscheidung drängen würde, wenn sie nur unsere Liebe bewahren würde. Doch es half nichts. Ich fühlte, wie sie am anderen Ende der Leitung mit den Tränen kämpfte. Sie sagte mir, dass sie mit allem leben könnte, wie bisher, aber gegen ihre Mutter käme sie nicht an, dazu habe sie keine Kraft mehr. Schliesslich begann sie zu weinen, all der aufgestaute Kummer der letzten Jahre brach aus ihr heraus. Auch ich fühlte, wie mir die Tränen an meinem Gesicht herunter liefen. Das Salz der Tränen brannte auf meinen Lippen. Ich sammelte meine letzten Kräfte und verabschiedete mich mit den besten Wünschen für ihre Zukunft. Dann legte ich auf. Leere … Stille … Ich legte mich auf mein Bett und gab mich dem Schmerz hin.

Abschied

Seit diesem letzten schicksalhaften Telefongespräch waren drei Monate vergangen. In mir keimte der Wunsch, es nicht bei diesem letzten Gespräch bewenden zu lassen. Wenn es zu Ende sein sollte, dann sollte es von Angesicht zu Angesicht geschehen. Sicher gibt es Leute, die das nicht verstehen, doch für mich waren die letzten Jahre mit ihr zusammen prägender gewesen, als die Jahrzehnte davor. Für mich war ein richtiger Abschied auch symbolisch wichtig, um das Ganze besser verarbeiten zu können.

Durch das Reisebüro eines Freundes buchte ich einen Flug nach Shanghai, zu relativ günstigen Konditionen. Bereits in der darauf folgenden Woche reiste ich nach Frankfurt und bestieg die Maschine der Air China Richtung Shanghai. 11 Stunden später landete ich in Shanghai. Diesmal wurde ich nicht von meiner Liebsten abgeholt, denn ich hatte ihr ja nichts von meinem Kommen angekündigt. Ich nahm also von Shanghai Pudong den Transrapid an den Stadtrand. Dann wechselte ich auf ein Taxi und liess mich zum Bahnhof weiterfahren. Dort begab ich mich sofort zum Ticketschalter und konnte ein Ticket für den Abendzug ergattern. Die Zeit bis zur Abfahrt verbrachte ich damit, durch die Nanjing Lu zu schlendern. Ich reiste diesmal nur mit leichtem

Gepäck, da mein Aufenthalt nur von kurzer Dauer sein würde. So hatte ich es den ganzen Tag hindurch bei mir. Gegen Abend kehrte ich zum Bahnhof zurück und bestieg dann gegen 20:00 Uhr den Zug nach Suzhou.

Dort angekommen liess ich mich wie die letzten Male ins My Hotel fahren und bezog dort ein Zimmer. Da es schon spät und ich sehr müde war, beschloss ich, nach einer erfrischenden Dusche, mich zur Ruhe zu legen. Der morgige Tag würde ereignisreich genug werden.

Am nächsten Morgen stand ich zeitig auf. Ich wollte noch einmal all die Ecken sehen, die ich in Suzhou lieb gewonnen hatte. Am Vormittag fuhr ich raus zum Tigerhügel, betrachtete noch einmal die schiefe Pagode auf dem Gipfel und wanderte etwas den Wasserstrassen beim Eingangstor zum Tigerhügel entlang. Dann fuhr ich weiter zum Garten des Verweilens, einem der Gärten, die zum Unesco-Weltkulturerbe gehörten. Diesen Garten hatte ich seit meiner ersten Suzhou-Reise im Jahr 1998 immer wieder besucht. Nachdem Mittagessen ging's weiter zum Canglanting, einem weiteren Garten traditioneller Prägung. Danach durchstöberte ich nochmals den Antiquitätenmarkt beim Konfuzius-Tempel und kehrte anschliessend in die Shiquan Jie zurück. Da es bereits vier Uhr war und es um diese Jahreszeit relativ früh dunkel wurde, entschied ich mich, noch schnell den Garten des Meisters der Netze zu besuchen. Auch dieser Garten gehörte zum Unesco-Weltkulturerbe. Aufgrund seiner zentralen Lage hatte ich ihn während allen meinen Aufenthalten in Suzhou besucht. Ein letztes Mal genoss ich seine harmonische Architektur und die Stille beim Pavillon am Teich. Danach begab ich mich zum Teeladen, mit dessen Besitzerin ich mich in den letzten Jahren gut angefreundet hatte. Bei ihr deckte ich mit frischem Tee ein, den ich dann in ruhigen Stunden in der Schweiz geniessen würde. Danach kehrte ich ins Hotel zurück und ruhte mich etwas aus.

Das Abendessen nahm ich im Yangyang ein, welches nur wenige Meter von der Night Lovers Bar entfernt war. Ich begab mich sofort in den oberen Stock, weil ich nicht wollte, dass ein Mädchen von der Bar mich beim Vorbeilaufen an den Fenstern frühzeitig erkannte. Ich genoss noch einmal die leckeren Teigtaschen, dazu etwas Poulet und Gemüse.

Dann war die Zeit gekommen. Ich wagte die letzten Schritte zur Bar, verharrte einen Augenblick vor der Eingangstür, bevor ich sie entschlossen aufstiess und eintrat. Meine Liebste stand hinter der Theke und war in ein Gespräch mit Xiaomei verwickelt. Sie drehte den Kopf zu mir um und blickte mich einen Moment bewegungslos und mit erstauntem

Blick an. Dann eilte sie sofort um die Theke herum und lief, nein rannte die letzten Schritte auf mich zu. Wir fielen einander in die Arme und umarmten uns lange und innig. Nachdem sich unsere Umarmung langsam löste, führte sie mich zu einem Barhocker an der Theke und bat mich, Platz zu nehmen. Während sie mir ein Tsingtao-Bier aus dem Kühlschrank nahm, schaute ich mich in der Bar um. Einige Mädchen kamen nun zu mir herüber, um mich zu begrüssen. Xiaomei, Yangyang, Xiaojing, Skinnie und Blondie waren immer noch da und freuten sich, mich wieder zu sehen. Nachdem wir ein wenig miteinander gesprochen hatten, wandte ich mich wieder meiner Liebsten zu. Sie hatte nicht damit gerechnet, mich jemals wieder zu sehen und hatte sich immer noch nicht gänzlich von der Überraschung erholt. Es war aber unübersehbar, dass sie mein Besuch freute. Unsere Beziehung war ja auch nicht an der gegenseitigen Liebe und Zuneigung gescheitert, sondern an den schwierigen örtlichen und kulturellen Rahmenbedingungen.

Meine Liebste und ich verliessen die Bar lange bevor der letzte Gast gegangen war. Wir gingen auf mein Zimmer im My Hotel. Kaum dort angekommen übermannten uns die Gefühle. Wir liebten uns leidenschaftlich, wild und doch zärtlich, sensibel und innig. Noch lange lagen wir eng umschlungen im Bett und küssten uns dann und wann zärtlich. Worte waren nicht nötig, wir wussten Beide, dass dies die Erinnerung war, die wir voneinander bewahren wollten.

Schliesslich, die ersten Sonnenstrahlen zeigten sich bereits am Horizont, kleideten wir uns wieder an. Sie sagte: „Ich muss jetzt gehen, ich muss meine Töchter zur Schule bringen." Ich nahm sie in meine Arme und drückte sie fest an mich. Ich fühlte, wie ihr Körper von Weinkrämpfen geschüttelt wurde. Auch ich liess meinen Tränen freien Lauf. Schliesslich, als unsere Tränen versiegten, löste sich unsere Umarmung langsam auf. Sie drückte mir einen letzten Kuss auf den Mund, drehte sich um und eilte aus dem Zimmer.

Ich blieb alleine mit meinem Schmerz zurück.

Nachwort

Ich möchte nun China für eine Weile fernbleiben. Doch wahrscheinlich verhält es sich wie bei einem Süchtigen. Irgendwann kehrt die Sehnsucht zurück und ich steige wieder ins Flugzeug Richtung Reich der Mitte. Seit ich China vor bald 18 Jahren zum ersten Mal betreten habe, haben mich Land und Leute nicht mehr losgelassen.

Meiner Ex-Frau wünsche ich ein gutes Leben mit ihrem neuen Ehemann. Als Mutter meines Sohnes ist mir ihr Wohlergehen nach wie vor wichtig, wenn auch nicht in gleichem Sinne wie früher.

Meine Liebste hat nach wie vor ihren festen Platz in meinem Herzen. Es ist wie mit einer Kostbarkeit: Um sie zu bewahren, habe ich die Liebe zu ihr der Kostbarkeit gleich in einer Schatulle in meinem Herzen gut aufbewahrt und eingeschlossen. Ich wünsche Ihr, dass sie die richtige Entscheidung zum richtigen Zeitpunkt fällen kann und ihre Bar zum richtigen Zeitpunkt verkauft und dann ein glückliches und zufriedenes Leben führen kann. Ich wünsche mir, dass ihre Töchter glücklich und unbekümmert aufwachsen können und dass ich alle Drei eines Tages wieder sehen kann, wenn die Narben der Vergangenheit verheilt sind.

Literaturhinweise

Zum Schreiben dieser meiner Geschichte haben mich zwei Bücher chinesischer Autorinnen inspiriert. Die Eine ist auch hierzulande recht bekannt, hat sie uns doch ein Jahr lang im Nachrichtenmagazin „Facts" in einer Kolumne ihre Sicht von Shanghai vermittelt. Es handelt sich um die junge Schriftstellerin Mianmian, welche mit ihrem Erstlingswerk „La la la" weltweit Aufsehen erregt hat.

Das andere Buch stammt ebenfalls von einer jungen Autorin aus Shanghai: Weihui, eine junge Literaturstudentin der Shanghaier Fudan-Universität, die mit ihrem Debütroman „Shanghai Baby" ebenfalls in den Mittelpunkt des weltweiten Interesses gelangte. Weihui beleuchtet zudem noch den Aspekt einer Beziehung zwischen einer Chinesin und einem Ausländer, was ihr Buch für uns Europäer zusätzlich lesenswert macht.

Beide Bücher haben gemeinsam, dass Sie von Sex, Drogen, Liebe und dem modernen Leben in Shanghai berichten, dass sie autobiographische Aspekte beinhalten und dass sie beide von den Zensurbehörden Chinas verboten wurden.

Beide beschreiben sie selbstbewusste junge Frauen des neuen Chinas. Sie gelten als Vertreterinnen des modernen Chinas und erregen deshalb weltweit Aufmerksamkeit. Doch in China gibt es nicht nur Gewinnerinnen wie diese beiden talentierten Schriftstellerinnen, sondern eben auch die Verliererinnen dieser Modernisierung, die sich an Orten wie der Shiquan Jie wieder finden.

In diesem Sinne ist meine Geschichte vielleicht eine Ergänzung zu diesen beiden Büchern, wenn auch aus dem Blickwinkel eines ausländischen Mannes.